林葉的四季

黃怡

目錄

林葉的四季

超級市場

黃葉與林怡

董啟章

我懷疑黃怡有腦神經元過度連結的問題。如果用fMRI（功能性磁力共振造影器）去掃描她的腦袋的話，應該會看到一個夾雜著還未清理的沙石和樹枝的燕窩狀結構。經過清洗和消毒之後，這個超級燕窩可能會在中環的某高級超市，由包裝員工林阿母用保鮮紙包裹起來，當成奇珍美食一般地出售。來找林阿母簽手冊的小學生林葉看到這東西，很可能會以為它是被超級颱風吹倒的百年老樹的樹根。雖然覺得樹被吹倒很可憐，但一想到那些黏在樹根上的又濕又髒的泥土，林葉便渾身起了雞皮疙瘩，再由林阿母口中知道那東西的來歷，更立即忍不住在超市光滑明亮的地板上嘔吐起來。林葉小朋友大概不知道，他自己就是這堆神經元連結想像出來的人物。可是，究竟是林葉在黃怡的腦袋裡面，還是黃怡的腦袋（不，是腦神經元連結）在林葉的故事裡面呢？

不好意思，我把事情搞複雜了。簡單地說，這本書的作者是黃怡，而書中的主角是林葉。據我所知，黃怡早在二零一零年已經創造了林葉這個人物——喜愛大自然但卻有潔癖的十歲小學男生，

沒有爸爸但卻和媽媽林阿母非常親密，對世界充滿好奇但又極為天真無知。之後在不同的發表園地，黃怡繼續以單元短篇的方式，發展林葉的故事。當初可能並無整體計劃，但不經不覺地寫著寫著，卻累積成可以結集成書的份量。林葉可以說是黃怡的潛意識的產物，甚至視為她的分身也無妨。

據說黃怡的父親是園境師，母親是壯族人，所以她是個混血兒。她高中念的是理科，但卻喜歡文學和寫作。剛中學畢業就出版了第一本小說集《據報有人寫小說》。大學念了個心理學加比較文學雙主修。在學期間到大陸孤兒院實習，成為了她寫出第二本書《補丁之家》的經驗和靈感。但是，橫跨這些年，林葉才是一直陪伴著她的人物。有趣的是，黃怡長大了，不但到英國讀了個碩士回來，還成為了一個作家和教寫作的人，但是她筆下的林葉卻一直是十歲，從來沒有成長過。在林葉身上，很可能保存著黃怡的某個當初的自己。讀著這些歷時八年的篇章，有時候實在分不出：究竟是林葉在說話，還是黃怡在說話？究竟所說的是林葉，還是黃怡？還是……黃葉，林怡？看看上面的簡介，黃怡的「兩面

性」是有根有據的。

打開這本小書，單是看目錄上的篇名，便已經十分耐人尋味了。什麼是〈樂天熊膽餅〉、〈北極熊走冰〉、〈鹹水魚柳包〉、〈走地麥樂雞〉、〈黑蟻砵仔糕〉、〈陪跑白兔糖〉、〈情人西蘭花〉、〈單親無花果〉？我們知道什麼是樂天熊仔餅，也知道什麼是熊膽，但「樂天熊膽餅」是一種新產品、新零食嗎？我們知道北極熊生活在冰天雪地，也知道有一種點冷飲的方式叫「走冰」，但北極熊又不是飲品，如何「走冰」呢？我們知道麥樂雞這種快餐食品，也知道「走地雞」是一種養雞方式，但炸成一塊塊的麥樂雞如何「走地」呢？難道是用「走地雞」做材料去炸？

我有理由認為，本書作者黃怡的思維方式出現超乎尋常的連結。這種異常連結並不是沒有邏輯，而是推翻了日常的邏輯，構造出另一種新奇的邏輯。這也可以理解為一種認知習慣重新接合的現象。題目的用詞和概念的搭配，是作者的刻意為之。但人物呢？人物要對小說的邏輯顛倒負上責任嗎？讀者們應該會很

好奇：林葉是一個「正常」的小孩嗎？林葉的「不正常」除了嚴重的潔癖，還有就是對周遭事物的習慣性錯誤解讀。簡單地説就是：明明看見的是一樣東西，卻把它看成另一樣東西。這當中又涉及兩種情況。第一種情況：把食店裡的滷水魷魚當作外星人、把聖誕樹上的裝飾帶當作彩色的藤蔓、把封在罐頭裡的沙甸魚當成木乃伊、把大學裡的冠名大樓看成墓碑（而校園裡的星巴克則售賣供品）；第二種情況：看不出地產店鋪本身作為租售樓宇中介的功能，只看到櫥窗貼滿了寫上數字的A4紙，並把它稱為「數字店」；看不出食店在製作食物，只看到廚師在做出各種動作，並將之視為街頭表演。前一種情況叫做「隱喻式觀看」（metaphorical seeing），後一種情況叫做「字面意義解讀」（literal meaning interpretation）。有趣的是，這兩種「認知障礙」令我們對習以為常的事物產生新的感受和思考。這類「病例」在文學創作者中尤其普遍。無論是林葉，或者黃怡，或者黃葉與林怡，他們的「病況」，據我的判斷，程度屬於嚴重。

林葉的「認知障礙」的另一個「症狀」，就是無法分辨動植物和

人類。所以在書中的故事裡，林葉把水筆仔（一種濕地植物）當作可以不斷擴建丁屋的新界原居民，把無禮的有錢人當作野豬，以及花了很多時間思考新界原居牛如何證明其居住權、上環海味店的貓員工有沒有得到適當的工作培訓和合理的勞工權益。人和動植物的界線變得模糊。有時人變得像動物一般野性，有時動物被迫像人一樣被現代生活方式約束。把人的規則加在動物身上，或者把動物的習性加在人身上，產生了質疑規則或否定習性的效果。林葉自己究竟是人，還是植物（看看他的名字），還是一個「植物人」，也變得相當可疑。隱喻說明了自然與人類的共生；但實情卻是人類不斷地排斥和禁錮自然。在喜歡植物但又害怕泥土和昆蟲（因為潔癖）的林葉身上，這矛盾最明顯不過。（他連在沙灘上散步也會突然想起路邊的狗廁所沙泥中的狗糞而嘔吐大作。）

我相信林葉的反應不是故意的。他除了思想古怪，還有許多無法控制的感官和情緒反應。從心理學或者腦神經科學的角度，就是腦部天生的特殊構造所使然的罷。小小年紀的他，在美術

課上用藍色塗在白色的畫紙上，老師以為他畫風，讚賞他富有想像力，林葉卻說那是保鮮紙。林葉對保鮮紙的依賴甚至癖好，雖然有點奇特，但並不是無法理解的。那跟他從媽媽所得到的安全感有關。（她在超市的工作是用保鮮紙包裝蔬果。）但是，他對老師聲明「保鮮紙並無包含任何隱喻」，聽來卻有點突兀。這像一個十歲小孩會說的話嗎？那麼，故意這樣說的，應該是黃怡吧。為什麼她要強調保鮮紙不是隱喻呢？正如書中無數本來平凡但卻受到不平凡對待的事物一樣，它怎麼可能不是隱喻呢？如果保鮮紙不是隱喻，難道就只是字面上的意義，也即是「保持新鮮的紙」而已？根據上面提到的例子，我們知道，極端的「字面意義解讀」，當中的荒謬或創意絕對不下於隱喻。

念心理學的黃怡不可能不知道，關於人類腦袋的種種奇妙運作。雖然書中最早的一篇〈林葉的四季〉寫於她未入大學之前的高中時期，但這只說明了，讀心理學的人自己也同時可以是心理學案例。作為一開始就技驚四座的文學少女（《據報有人寫小說》時期），黃怡的寫作很早就得到評論者的嚴肅對待和

高度評價（領導人式的説法）。什麼探討現代社會的荒謬，批判物質文明的野蠻，反思人與自然的關係之類的。要黃怡本人去説，她也可以一本正經地談論這些嚴肅話題。（老實説，有時我嫌她説話太正經了。）我倒以為，從另一個角度看，寫作於她其實是一場遊戲。就像小女孩玩煮飯仔一樣，把手帕當作煎蛋，把擦膠當作豬肉，把髮圈當作魷魚，把鞋帶當作意粉。這是一個故意但又不為意的錯置遊戲，原理不外乎是 fuzzy logic 以及 serendipity（誤打誤撞）。我可以想像，構思一個題目的時候，黃怡就把自由聯想中出現的「九唔搭八」的東西，統統都拋到腦袋中的油鑊裡，加鹽加醋地炒埋一碟，弄出那些出人意表的菜式，例如〈糖砂炒松鼠〉和〈飛天魚翅〉之類。所以我認為一本正經的表面下的黃怡，其實是個很好玩、很多鬼主意的孩子。

回到先前的問題，究竟「不正常」的是黃怡，還是林葉？還是，她透過筆下的林葉，抒發她內心的「不正常」？林葉雖然一直維持在十歲不長大，但黃怡卻無可避免地長大了。她現在是個有思想、有學識、有智慧、有批判力的成人了。只要比較一下集中最早

寫的一篇〈林葉的四季〉和最近寫的一篇〈城市裡的動物〉，很容易就可以看出分別。在前者中，黃怡和林葉融合得比較緊密；在後者中，有些地方黃怡難免走得較出。一些成熟的思考，很明顯不可能是林葉所能作出的。我不是說後期的黃怡只是詐傻扮懵，而是她傻懵的部分，和睿智的部分，有時候無意間錯開了。黃怡站到林葉的前面來了。但是，誰又知道她不是故意的呢？不是一種黃怡和林葉的分工合作模式呢？無論如何，黃怡捨不得林葉，因為她捨不得那又傻又懵的快樂。文學中的傻子和懵人，往往同時是快樂的智者。

我認識黃怡的時候，她還是個聰明但又懵懂的中學生。我到她就讀的中學教寫作班，她是班中的學員。她寫的是全班最好，但不是因為我教導有方。她早就有自己的方法，那可能也是林葉教她的。後來，就看到她在《明報》上連載小說。多年來，我只是讀她的小說，並沒有跟她聯絡。近年因為她在文壇上變得活躍，便有些機會跟她在活動上碰面。看見她現在優雅的打扮和成熟的表現，有點不認得她是當初那個穿藍色長衫校服、戴

副厚厚的近視眼鏡的小女生了。

通過Facebook，我知道黃怡是很喜歡吃東西的，特別是甜點。
我們有時會交換一些無聊的訊息，例如狐狸和刺蝟的貼圖。有一
次她傳來一本英文書的照片，説是魔幻寫實主義的教學讀本，書
頁上列了一些代表作家的名字，她指出其中的Yo Man説：難道是
錯版的Mo Yan？我忍不住大笑出來，回道：You are Yong Wi. 她
答説：That sounds like a Korean name.

林葉的四季

林葉的四季

秋

美術課的題目是秋日的景象：小學生紛紛拿起黃色紅色的粉彩、不太像真地塗畫起傳說中的變色楓葉來，林葉卻堅定地把手伸向筆盒的另一端，拿起了粉藍色的筆，在白畫紙上輕輕地畫上一道又一道若隱若現的曲線。林葉好像聽見了老師的讚嘆，說他用了什麼冷色調表現秋風的涼爽、他肯定是個具什麼觀察力的孩子、將來一定要加以什麼特殊培訓，林葉就笑了。

秋什麼風，這是保鮮紙。

秋天與風無關：他穿著短褲走過超級市場的凍櫃前，冷風四季都在吹，膝蓋也是一樣的冷。秋天是保鮮紙的季節，林葉最清楚不過了。

這裡說的保鮮紙並無包含任何隱喻（「老師，我說的保鮮紙並無包含任何隱喻。」林葉說），保鮮紙就是保鮮紙，輕薄而透明，本

質像風但與風無關。林葉的秋天總是這樣開始的：早上醒來，發現暑假已經結束了；打開雪櫃，會有開始當夜更的林阿母用保鮮紙包好的炒蛋，當過晚飯的台柱後又來客串早餐的主角。林葉的秋天在他掀起那塊爽脆的保鮮紙那刻正式開始。

遠方的農人在春天種下的瓜菜都在秋天收成，肥美飽滿的莖葉收採下來後，會送到城裡的超市來上架；這城的人在經歷過幾輪疫症後愛上了一切光滑並易清潔的材質，林阿母在秋天的工作就是為湧進高級超市貨倉的蔬果趕快包好保鮮紙。林葉見過林阿母在家裡練習為一個啤梨包保鮮紙：將啤梨放在鋪平的保鮮紙上，四角往上提，然後用指腹滑過啤梨的表面，讓保鮮紙平順地緊貼啤梨的弧面，再把多餘的四角細細纏在梨梗上。林葉捧著那個被緊包得天衣無縫、幾乎像被過了膠一樣的啤梨，不再疑惑為什麼高級超市能把普通超市賣三蚊的啤梨以廿三蚊賣出。

林阿母運用保鮮紙的功力幾乎接近雕塑家，因此整個秋天林葉都不會在家裡看見林阿母，只會看見雪櫃裡用保鮮紙包著的飯菜

和林阿母偶爾帶回來練習包紮的新品種蔬果，如刻了邪惡人臉的南瓜、菜葉細碎的外國生菜或可疑的薑之類。有時林葉晚飯後會到林阿母工作的高級超市裡找她簽手冊：林阿母總是戴著一頂墨綠色紙帽，專注地包紮著一顆西蘭花或是一枚奇異果，蔬果部的貨架上放滿用保鮮紙包裹整齊的瓜菜，順著水份飽滿的曲線折射燈光，井井有條。林阿母的笑容總是安詳的，來歷不明的爵士樂悠揚地重播，林葉看著看著，就有了睡意。林葉在秋天常會夢見自己睡在一個用保鮮紙造的繭裡，綿軟軟、暖洋洋的，林阿母戴著墨綠色的紙帽安詳地看著他，他想，這大概就是天堂了。

林阿母為蔬果包保鮮紙的技術再好，賺的錢還是不夠買廿三蚊一個的高級啤梨。每逢中秋節她都會緊緊捏著自己從高級超市賺來的錢，在普通超市裡買來一堆相貌俊秀的水果，然後花幾個晚上把它們一一洗淨、抹乾，用保鮮紙仔細包好，探親時當作昂貴的禮物送出去，換來一盒又一盒真正昂貴的進口糖果餅乾。沒有一個自恃精明的大嬸能看出那其實只是個便宜的鳳梨或火龍果：接過她們回贈的禮物時林葉總是忍不住笑。

普通超市和林阿母工作的超市賣的瓜菜往往來自同一群農人，只

是往普通超市選購農作物的都只是普通人，他們普通得付不起錢請林阿母來為他們逐一把瓜菜用保鮮紙包好。林葉只去過普通超市一次：那次林阿母的超市購入了一批細嫩而極昂貴的蘑菇，她得和其他保鮮紙女工一起日以繼夜、仔細地逐顆包紮，沒有時間為林葉準備飯菜。林葉緊緊捏著林阿母交給他的錢，深深地吸了一口氣才踏進昏暗濕滑的普通超市裡，急步往蔬果部走去，抓起林阿母教他買的幾個紅蘿蔔、薯仔和幾把菜葉就往收銀處跑——他感到很不安，非常不安，但他不知道原因是什麼。

他重新踏上光亮的街道後，才有空停下來，發現自己手掌沾滿了泥；打開超市膠袋一看，裡面的紅蘿蔔和薯仔上也隱隱沾了一層泥。怎麼林葉的食物會沾有泥呢？泥不就是街角那個讓狗大小便的磚盆裡的物質嗎？林葉想起那些骯髒的狗，狗的下腹近後腿處掛著的皮囊，狗看著林葉的膝蓋不懷好意地笑——他想哭，可是他的手很髒，不能抹眼淚；他哀求警察叔叔帶他到附近的公園裡洗了三次手，才伸直手臂，把膠袋盡量舉得遠離身軀帶回家去。

他把紅蘿蔔和薯仔丟在屋外的鞋堆旁，只敢把菜葉帶進房子裡。可是他竟在菜葉與菜莖之間咬到了沙。他趕緊把菜吐出來，

害怕得哭了，然後嘔吐；他閉著眼把肚裡的泥沙和酸辣苦澀的胃液一起吐進便盆時，眼前盡是狗下腹的皮囊，扶著白瓷盆邊的手裡彷彿還殘留著泥土和薯皮的觸感，他繼續嘔吐，眼淚沒止盡地流，但總沖不走那些恐怖的幻象，狗看著他笑，那個昏暗的超市裡，有人盯著他的後頸同樣不懷好意地笑。

幸好這時候林阿母剛好回到家，把林葉緊緊抱住，拿用餘的保鮮紙抹去了他的淚。她給他煮了奶白色的濃湯，褪去了他食道裡那陣胃液的酸；林葉仔細地洗了個熱水澡，窩在厚厚的棉被裡抱著毛熊，聽著林阿母給他說白兔和蘑菇的故事，慢慢入眠。

那晚他夢見白兔拿著一卷保鮮紙為他做了一襲新衣。第二天他一早醒來，雪櫃裡放著昨晚餘下的濃湯，用爽脆的保鮮紙蓋著。他覺得自己復活了。

冬

林葉拿著舊年曆到垃圾站丟棄的時候，看見垃圾站前橫臥著一棵樹。樹比林葉要高得多，看起來大概跟一個橫臥著的林阿母

一樣長，一端是被整齊地切斷的樹幹，另一端的枝葉上纏著一綑像耶穌被釘十架時戴在頭上的帶刺的藤蔓，只是這樹上纏著的更多、更密，而且閃動著怪異的光。一陣寒風吹來，藤上無數的細刺如海葵的觸手晃動；林葉搗住口鼻，無力地阻隔被風揚起的那陣死物腐壞的氣味。

死樹旁邊圍著幾盆紅色的花，林葉認得她們：這是聖誕花，曾經站在學校門外看他放學的聖誕花。她們在冬天出沒，舉著總不凋謝又永不變老的紅花站在校門前、禮堂的台上、校長室的桌前，然後到黃菊花來換更時，聖誕花們便會被校工移走——大概是搬到禮堂下的儲物櫃裡藏著吧，因為到了下一個冬天，聖誕花又會同樣鮮紅美艷地出現在校門前、禮堂的台上、校長室的桌前，直到黃菊花再來把她們換走。

這幾盆放假中的聖誕花大概是在為死樹舉行喪禮吧。她們整齊地排在死樹旁邊，靜靜地看守著沒有根的死樹，直至垃圾車駛來，把骸骨運走。死樹已經開始枯乾，綠色的針葉漸漸轉啡掉落，林葉撥了一下樹身，針葉就如骨灰散落在灰色的地磚間隙裡。那些顏色鮮豔的藤蔓在針葉掉落後進一步勒緊死樹，纏上

樹枝和樹幹;死樹已經不再反抗,只躺在地上任由藤蔓隨意纏繞
他的屍身。

林葉走近死樹,想仔細打量那些藤蔓,可是他每走近一步,藤蔓
的刺針就顯得更密更危險。纏在樹上的藤蔓不止一種:有一段較
粗、帶紅白相間的粗刺針,另一段的刺針較短,藍色的,閃動著
銀色的光,還有一段似乎比較溫和的黃色藤蔓,刺針長而幼細,
像林葉用尼龍繩做的啦啦球一樣——而且它的表面泛金,看起
來比其他兩種藤蔓都要討好。他想幫死樹把藤蔓移開,只是藤
蔓摸上去很可疑,刺針是柔軟的,並讓手微微發癢,似乎有毒,
或會致敏。林葉在褲子上擦著手,不安地往後踏了一步。

可能樹的死因就是這藤蔓吧。他見過一種長在外牆上的植物,
細長的根附在牆上織起一張嚴密的網,讓牆身長出許多嘔心的
霉斑;學校請來幾個穿綠色制服的工人來把它移走,他們戴著口
罩和手套,把整株植物像一片厚地毯般從牆上撕下來,拿到小貨
車上送走、燒毀。林葉又見過襲擊水管的樹長在廁所的水管接駁
口,先是長出細薄的一層青苔,然後長成日漸茂密的草,再長成
幼小的樹——樹根伸進水管並盤纏在水管上愈長愈壯,然後一

天早上，水管碎裂，廁所的洪水過了三天才散去。

而且林阿母跟他說過，有毒的東西總是顏色鮮豔，如毒蛇、毒蘑菇、毒野莓、毒蘋果、麥當勞。林葉曾經哭著求林阿母不要塗唇膏，唇膏的鮮紅讓林阿母顯得臉色蒼白、甚至發青，林葉哭著說他以後會乖，叫林阿母不要再在嘴上塗毒藥自殺。林阿母笑了，咧開豔紅的嘴，看起來像麥當勞叔叔一樣詭詐──然後她把唇膏抹去，又回復平常的溫柔善良。林葉這才安心下來，雖然他還是偷偷的把她的唇膏丟掉，以免哪天她想不開，又想來服毒自殺。

林葉仔細打量死樹，發現樹除了被藤蔓纏繞，他的樹頂還長了另一種帶刺植物，長有紅色的果子、墨綠色的尖硬葉子，像刀片。林葉在書上讀到過這種植物，也曾在冬天傳誦的歌謠裡聽到過它：它叫 mistletoe，槲寄生，英文課上他花了好久才學會串這個生字。它的名聲不好，因為若女子不小心與男子一起站在這種植物下，她就必須親吻該男子；它跟聖誕花一樣，總在冬天出沒，亦同樣帶有紅色的部份，只是聖誕花比它要善良無害得多，善良得連蟲也不願咬她的枝葉。而槲寄生只是一種強迫女子向男子送吻的鹹濕植物。

這樣看來，這百痛纏身的樹還是不得不死的。樹幹的切口如此整齊，顯然是被人割下而不是自然枯倒：老師說過，樹的病和人的病一樣，可以傳染給別的樹，有時為了保住一片叢林，不得不把帶病的樹割下、燒盡，如處理黑死病病人的屍體一樣狠心。既然這樹身上纏了這麼多有毒的藤蔓和咸濕的槲寄生，如果這是林葉的樹，他也會選擇把它割下吧。

那麼在死樹附近的聖誕花也會感染這種危險的寄生物嗎？那下年哪來的花在校門前、禮堂的台上、校長室的桌前站崗？他弓起腰，想偷偷走近把花盆移到遠離死樹的地方，只是另一陣風吹來，鮮色藤蔓張開刺針如憤怒的貓，一段段藤蔓像有毒的毛蟲在樹身上蠕動，在行人路邊吵鬧地散發著什麼令人不安的氣氛；他連忙往後退，死物腐壞的氣味瀰漫，彷彿可見如煙。他再往後退了一步。

這時候垃圾車來了，幾個穿著綠色制服的工人熟練地抬起死樹、連同藤蔓和槲寄生一起塞進垃圾車裡——樹太長了，樹幹還得外露在車廂外——再抱起聖誕花的盆，逐一拋進車廂，毫不在乎花盆被摔破了沒有。車子裡好像還有好幾棵纏著相似的藤蔓或槲寄生的樹，樹幹同樣帶有整齊的切口，也似乎有不少退役的

聖誕花；林葉站得太遠，不太看得清楚，可是樹身閃現的光讓他確定那是有毒的藤蔓沒錯。然後車子頭也不回地開走。

林葉忽然想起他在書上看過的槲寄生相片，長的果子是白色的而非紅色；他想再看清楚樹上的寄生物是否真實，可是車子已經要拐彎上山了。一個塑膠果子從車上的樹身掉落，在地上滾動幾下然後靜止不動。果子是銀紫色的。

春

林葉的學校要放假了，為的是要迎接春天的來臨。林葉聽說學校以前曾經為迎接疫症和人口普查而放假，只是那都是在他出生以前的事：他從漸漸老去的校工阿伯口中聽來這樣的事，跟他以前說過的許多故事一樣，總像傳說多於往事。

林葉沒有見過春天的模樣。他知道冬天，也知道夏天的模樣：冬天冷，穿長褲，夏天熱，穿短褲。他知道春天是暖的，在冬天的冷和夏天的熱之間，可是春天的曖昧和灰色一樣，白加一點黑算是灰，黑加一點白也算灰，結果無法具體的說，冬天的冷要退卻到哪裡、夏

天的熱又要前進幾步，才算混合出一種叫做春天的溫度來。

農曆裡有這樣的一天：立春，說的是春天在這天開始。林葉早早把日曆裡的這天圈起來，在前一晚抱著暖水袋、守著溫度計等候時針劃過凌晨，等著看春天來臨的一刻，溫度計的紅色酒精柱會不會忽然向上攀升，或者有沒有街燈莫名其妙地熄滅、會不會出現強烈的風聲、來歷不明的大雷雨、或者地震。林葉滿心期待。

結果林葉睡著了，錯過了立春到來的一刻。第二天他醒來，街上的一切如常，依然天陰，氣溫還是一樣低得使他手腳冰冷，甚至連為了春天而存在的假期也還沒有開始。林葉瀕臨遲到，喘著氣衝進校門時，開始懷疑那校工阿伯說「立春代表春天到來」是否隨口編造，好在打掃課室的同時打發時間。

於是林葉開始找尋其他顯示春天已經到來的痕跡，例如會冬眠的動物醒來、覓食、尋找配偶；可是這城的動物不多，會冬眠的少數如熊根本不在林葉能觸及的範圍之內。鳥類倒是不難看見，只是他只能近距離觀察四季都有的麻雀和白鴿，更不懂得分辨哪些是隨著季節遷徙的候鳥：他只知道在街上抬起頭，總會在房子與房

子之間、那如一道小溪的天空裡看見鳥的黑色剪影掠過，並在他可以看清那是什麼鳥以前，就已經消失在某棟大廈的頂層後面。

然後林葉嘗試從植物入手。他記得他在故事書裡看過描畫春天的圖畫：春天的時候，在冬天枯萎的草和樹葉會重新長出，彩色的花在草地上盛開，然後會有蝴蝶和蜜蜂在花間飛舞。花的確已經開了，而且開滿城內各處：校門前、商場裡、店門外，甚至連大球場上和林葉的家裡也開滿了桃花、劍蘭和菊花。而蝴蝶和蜜蜂想必是非常勤力地為花授粉，才使年輕的花迅速結果、掛滿橙色桔子的果樹隨處可見。桔子被途人碰掉、踩爛在地，惹來可疑的昆蟲：另一個春天的象徵。

不過林葉看不見草，也看不見嫩葉。草地在這城裡是奢侈的罕有物事；而長在林葉校園裡的樹總是常綠的，從來沒有落過葉，樹根與花盆接壤的地方鋪滿了碎石，長不出草來。或者其實只是校工阿伯把落葉和雜草都清理了吧。這城的人都討厭落葉和雜草，就如他們討厭住在房子以外的貓狗一樣。

街上的店鋪開始把春天要吃的餅食和春天要穿的春裝放在櫥窗

裡兜售，可是天氣依然和冬天一樣寒冷，使林葉始終不確定春天是否已經來臨。他試過打電話到天文台去問，可是那把不斷唸誦各區溫度（城內各處都很冷）和空氣污染指數（城內各處都空氣污染）的錄音女聲沒有預測春天什麼時候會來，或是明確地告訴林葉，春天已經來了，讓我們在頭髮裡別一朵鮮花，到草地上慶祝。林葉像接聽了廣告電話一樣把話筒摔下。

林葉想不出別的方法來判斷現在到底是冬天還是春天。街上派發關注氣候變化宣傳單張的男子說，這是全球氣候變化的其中一個徵兆，並熱心地向林葉表現自己對氣候的認識有多深。林葉沒有接過那張印滿他看不明白的生字和圖表的單張，只抬起頭，看著那個自信滿滿的男子，問：那現在是冬天還是春天？男子眨了眨眼，答不上來。還是答不上來。林葉轉身就走，繼續找尋一隻候鳥或者一頭熊，總之就是一項無可置疑的證據，清晰地告訴林葉現在是春天，或者春天尚未來臨。他一路往前走。

天色好像提早變黑了，於是林葉兩手空空地回家，在吃晚飯時再問一次林阿母春天來了沒有，然後再聽林阿母反問他一次春天來了沒有。那晚下了入冬以來的第一場雨，林葉半夜爬起床來把

只開了一道縫的窗戶關得更緊；第二天打著雨傘回到學校，聽見比較年輕的校工大姐說校工阿伯因為風濕發作而請假時，林葉好像聞到了一陣濕潤的泥土味，暖的。可能那是雨水的氣味，也可能只是林葉的想像。不過林葉覺得春天來了。

夏

新一年快要開始了，於是林葉在街上看見一桶被遺棄的金魚。這城的人遺棄寵物的高峰期在情人節後、聖誕節後、以及暑假快要完結的時候，林葉聽說這跟旅人順手撿來又隨便遺下異地的情人一樣：放假了，百無聊賴的人開始購置倉鼠、金魚、巴西龜等小動物，代替遊戲機或長篇小說來解悶，可是小動物那麼小的一隻，多看兩天就膩了，趁著假期快將結束，就把牠們遺棄。林葉沒有到過外國旅行，也不曾有過情人或養過寵物，所以不知道那是否一個貼切的比喻：他只知道在垃圾桶旁邊放了一個小膠桶，桶裡有六七尾金魚，還在呼吸，可是沒有人理會。

如果小膠桶繼續放在垃圾桶旁，遲早會有人把煙頭丟到金魚身上去。林葉試著提起半滿的膠桶，金魚似乎受驚了，在細小的桶裡

亂竄，但細小得無力激起水花。他提著那桶魚站在街上等，沒有人停下來著他交還那桶金魚，甚至沒有人留意到他的膠桶裡裝著金魚，除了一個臉長得有點像貓的男子請他讓開兩步，好在林葉身後的牆上貼上一張尋貓啟示，尋找一隻走失了的白色長毛純種貓。男子假裝幽默地瞄了瞄林葉的膠桶，問金魚有沒有見過一頭貓走過，然後自顧自的笑著走開。林葉不明白他在笑什麼，或是為什麼要問：連林葉也沒笨得相信金魚會聽得懂人的說話。

林葉再等了一陣子，啟示上那貓幼細的瞳孔一直在盯著他後腦和他桶裡的魚，他終於不安得決定走開。他走近兩個迎面而來的警察，說他撿到了一桶金魚，想警察們幫魚們找回主人。那兩個警察看了看那膠桶，然後看看對方，再看看林葉，表情變得很奇怪，似笑非笑的，又有點哭笑不得。個子較高的警察彎下腰來看著他，提議林葉把魚送到愛護動物協會；林葉想了想，說愛護動物協會的標誌上只有貓和狗，沒有金魚，他害怕把金魚送進一所充滿貓的收容所後，會跟請山羊到山洞裡探望獅子一樣落得相同的下場。

個子較矮的警察聽了，蹲了下來——他本來也想彎下腰，可是他

腿太短，有點失了平衡——提議林葉收養了這桶魚。林葉説也許魚的主人在很焦急地想找回他的金魚，可能他只是帶牠們散步時不小心把牠們遺下在垃圾桶旁邊了；所以警察應該將這些魚當作一個丟失了的錢包或兒童般作失物登記，要是牠們的主人報警報失了，就可以物歸原主。

高個子警察聽了就按著額頭，似乎得了嚴重的頭痛般皺著眉看著他，説他也認為林葉應該把魚帶回家養。林葉説他不懂得照顧魚，他不知道這些金魚在舊主人處吃慣了怎樣的飼料或住慣多大的魚缸，而且金魚們似乎不太喜歡他——同樣像是得了嚴重頭痛的矮個子警察伸手按住林葉的頭，看清四周沒有路人了，便低聲説：養不下去，就放生進廁所裡。然後兩個得了頭痛的警察就急步起身走開，遺下林葉和那桶魚在行人路中央。

林葉狐疑地看著兩個警察的背影遠去：連林葉也沒笨得相信金魚被放進廁盆裡沖掉，就可以透過水管被放生進大海，這兩個成年人到底有多蠢啊？

夏天的白晝再長也終於完了，林葉不得不把金魚帶回家，免得那

頭走失了的白貓在找到主人以前找到了魚。他本來打算每天把金魚帶到那條街上等魚的主人來把牠們接走，可是他等著等著，魚的主人沒等到，連走失了的白貓也被他找到了還是等不到——當貓湊近那桶魚嗅著時，林葉及時抓住了那貓的後頸，手忙腳亂地把牠關進附近水果檔的空紙箱裡。水果檔的老闆打電話叫貓的主人來認領，然後從主人的手上接過尋貓啟示上承諾的厚酬——貓的主人抱著貓又哭又笑，貓一臉不耐煩地掙扎，遠遠看著林葉的水桶；水果檔的主人笑容滿臉地把鈔票塞進口袋裡，然後說林葉阻住佢發達而把他趕走，趕的時候還用手肘重重地撞了一下他的胸口，害他幾乎打翻裝著金魚的膠桶。

林葉再一次提著膠桶回家，他在街上站了這麼久，雙腳早就累了。林葉倒在沙發上，向林阿母抱怨他遇見的人們都不懂愛護那幾尾脆弱的金魚：那個貓主，那兩個警察，那個幾乎害他打翻膠桶的水果檔老闆，那個把金魚忘在鳥和貓可以觸及的地方的笨蛋。林阿母撫著他的頭，說既然林葉找不到魚的主人，就不如將錯就錯，把魚養下來吧。她溫柔地微笑著，說她有信心他可以把魚照顧得很好。

林葉看著林阿母，仔細地打量著她張溫柔的臉，嘗試讀出她藏在心裡的擔憂：他知道林阿母賺的錢只僅僅夠他們兩人過活。這幾天因為他暫時收留了金魚，林阿母特地為他買了一罐魚糧；林葉在廢紙堆裡找到單據，暗暗計算過林阿母為了給他買這魚糧，得為超級市場多用保鮮紙包裝多少個啤梨，便心痛了。林葉緊緊抱住林阿母，想搖頭，可是還是點了點頭。

他站起來又餵了一次魚，看著魚們爭先恐後地搶吃那些成份不明的顆粒；指尖沾滿了昂貴魚糧的粉末，他摩擦指頭，仔細地把每一顆細粉都抖進水桶裡。林葉餵完魚的時候，林阿母已經在沙發上累得睡著了。林葉給她蓋了張氈子，看著她在睡著後才會顯露的疲態，又為了自己要養魚的事責怪自己。

他決定只把魚養到那罐魚糧耗盡：如果到那時還是找不到主人，林葉就把魚放回他原本遇上牠們的那垃圾桶旁，那個鳥和貓可以觸及的地方，讓別人來接收。這時金魚在細小的桶裡繼續瘋狂亂竄，但細小得無力激起水花。

林葉的護身符

林葉活在一個比益力多更多菌的世界裡，而世界的菌並不如益力多菌般有益，而林葉亦不幸地比其他孩子都敏感於這樣的事實。特別是在小學廁所這種滿地體液的地方，像每層樓盡頭的細菌培養皿養著男生的汗水和鼻涕和嘔吐物和屎尿，連空氣裡也瀰漫著別人的體溫和皮屑和霧；在潮濕的日子那被灰白瓷磚和粗糙小窗困起來的空間便彷彿變成一個注滿益力多的魚缸而那益力多曾被人用來漱口吐出來後閒置於太陽下三個月——林葉曾不只一次因此嘔吐在永遠濕滑的廁所地上並被迫換上校務處那套來歷不明的運動服，也不只一次因為忍著不想去廁所而尿褲子而再次被迫換上那套不知誰人穿過多少次的運動服直至林阿母從家裡趕來接他回家，回到家裡的時候林葉總會立刻用熱水澡把皮膚燙得發紅直至小浴室裡只有水蒸氣和肥皂的氣味直至只屬於林葉和林阿母的軟白毛巾熟悉而溫柔地包覆在微痛而乾燥的皮膚上，他才感覺自己可以再次自如地呼吸如回到淨水的魚。

於是林葉喜歡有口袋的褲子，因為他必須把他的護身符時刻帶在身上。他班上有些同學喜歡把去日本旅行時買來的護身符

掛在書包上，精緻閃亮的布料常常繡著「學業御守」、「健康御守」，像向眾人炫耀旅行經歷的迷你許願寶碟；他問過同學護身符裡包著什麼，他們說如果偷看了就不會靈驗，但書包的主人考試排名也不一定變得比林葉更前、也不一定少請幾天病假。哼哼。林葉的護身符可是一定靈驗的，因為那可是林阿母教他的法術。

林葉聽同學們說在日本時需向自己所屬街區的神祇祈求保佑，彷彿神祇都如區議員般有著地域性的保佑權限；而林阿母和林葉都生於香港，於是她教林葉的法術也只於這城有效。她說，當林葉因為廁所的氣味或空氣的濕度或貓沙盤或傷口或公共扶手或疫病的新聞而感到不安時，他可以向透明的物事禱告，比如梘液和酒精搓手液和消毒藥水或蒸餾水或針筒裡的疫苗，那些因為人工所以無菌的物事。林阿母並帶他到市政大廈裡看過那些透明的靈符，張貼在升降機的軨掣上、包裹著公共圖書館的畫冊、罩在濕淋淋的雨傘外，在那些本來沾滿細菌的物事四周張起結界保護這座不只一次被疫症洗劫的城。

而林葉相信林阿母，不只因為他總會相信他的母親：林阿母的工作正是要為城裡售賣的蔬菜貼上這樣的透明護符。這城的人和林葉一樣除了害怕其他市民的體溫和指紋，還害怕泥土，所以他們在樹根上鋪滿磚頭和石屎、企圖用樓宇把郊野公園和農地壓縮在地圖的邊緣，還聘請了許多如林阿母般的保鮮紙藝術家在超級市場裡把來自土地的食物逐一以工業用份量的保鮮紙緊緊包裹，讓重要的貴婦指尖不受危險的馬鈴薯和馬蹄威脅。

林葉記得他第一次看見林阿母工作時的極端恐慌。他拿著待簽的手冊在那光潔明亮的超級市場裡看見自己重要的母親穿著潔白的制服上衣和深綠色的圍裙，站在滿室的蕃薯和蘿蔔和紅菜頭之間，只以紙帽和口罩和膠手套保護著得和面前的球根類蔬菜共處一整天——他趴在地上把早上吃的火腿通粉和炒蛋多士都吐到冰凍的地上，林阿母跑過來扶起他時來不及脫掉手套，林葉見了又再次滑倒，大腿內側忽然感到一陣溫熱，他哭著坐著踢著腳把自己從母親身邊往後撐開，其他的超市職員們也從各自的攤位後跑來包圍著林葉，意大利風乾火腿攤的大叔魚生櫃的男生排水果的大媽和撈斑點蝦的阿姨戴著沾滿各種或乾或濕的穢物的手套逼近，林葉想叫喊卻又叫不出聲來，他以為他

的母親如其他同學的母親一樣在玻璃幕牆的辦公大廈裡做著高貴而乾淨的文職、那裡的燈光理應慘白那裡的空氣應該乾燥並每日有人清潔地板兩次；他弱小的肋骨定格鼻腔凝固腦袋也凝固，當他回過神來時他身下已不再是沾滿尿尿的地板而是急症室的病床，好像有誰在他的大腿上打了支針，林阿母坐在床邊緊握著他的手，溫熱而熟悉的掌心和四周的慘白色讓林葉的胸腔再次安然地起伏。

而對後來林葉的指控林阿母嚴肅地說，我並非在從事什麼低賤而污穢的工作。不管是包裝蔬菜的人或是神職人員都需要穿制服，醫生和理貨員都一樣得戴手套；最重要的是，保鮮紙可是能讓一切物事保持乾淨的靈符，在這樣的情況下，林阿母不但需要確保自身一直整潔，還能保佑她服侍的人們不受食物表面的泥土威脅，那不是和牧師或護士一樣重要的工作嗎？在林葉床邊提著一桶消毒藥水和地拖走過的清潔工姨姨聽了默默的點頭，林葉聞著那讓他安心的氣味冷靜了下來。是的。那確實是種勇敢而偉大的工作，如消防員或倒垃圾的人；而林阿母大概就是某種主理蔬果的巫女，專門負責把保佑世人的保鮮紙鎮壓在蓮藕和栗子之上。

林葉坐起來,緊緊抱住林阿母。你真是個勇敢而偉大的人呢,他說。而林阿母和清潔工姨姨一起苦笑。在那以後林葉便徹底明白林阿母的工作性質,並學會了她的小小法術以便在這座污穢危險的城裡抱持平安和喜樂並不再尿褲子——林葉在林阿母午睡時偷偷穿上她的全套工作服,洗過手再用酒精抹過再戴上手套和口罩,然後撕下一段保鮮紙層層緊纏包裹成一瓣蒜頭的形狀,裝進小小的密實袋裡再裝進小小的布袋裡,像一個小小的健康御守或是面對可能出現的殭屍時預先準備好的護符。於是如果有變態佬從學校廁格的上方俯視林葉,他會看見林葉緊握著那個小小的布袋彷彿那是除去廁所惡臭的香包或不能掉進馬桶的電話:世界髒亂,但那小口袋裡裝著能讓一切變得光潔無菌的靈符,就算只有林葉知道,那霧亦必退散。

林葉的街區

林葉上下課時總愛經過有外星人賣的那條街，和總浮在櫥窗左邊的外星人打個招呼；牠從來不回應，雖然牠不像身邊的那些雞身或鴨身般被煮成豉油色或燒鴨色販售，牠始終是街上眾多的商品之一，於是牠一直沉默，對路過的媽媽們或工人姐姐們展示牠渾身的鮮橙色和所有的觸手，等待哪個嗜吃外星人的人把它裝進發泡膠盒裡買走。

那是街上最受歡迎的店之一，林葉每次經過那裡都會看見一兩個人站在門前，邊看著櫥窗裡的大叔用比林葉的大腿更闊的刀子表演砍燒肉，邊等待櫥窗外的大叔把凍可樂和薑蓉放進裝著發泡膠盒的透薄膠袋裡。沒有什麼比驚險的表演更能吸引顧客了：街頭的薄餅店櫥窗裡有大哥哥在表演拋麵糰，街尾的麥記有大姐姐表演炸薯條，街中間的台式飲品店有位媽媽表演為飲品杯封上膠蓋、再把整杯飲料上下顛倒搖晃幾下，證明那已經變成一杯即使裝進太空船裡也不會翻瀉的神奇珍珠奶茶，才讓顧客

拿吸管親手把膠蓋刺穿。林葉最喜歡看這條街上的各種表演了，從街頭走到街尾就像參加嘉年華會一樣精彩刺激；有時候他甚至會特地早點出門，就是為了要等馬路口的麵包店大叔赤裸著上身把一個又一個裝滿新鮮麵包的燙熱烤盤搬到店面，然後從這些雜技烤盤中夾出一個又一個金黃色的菠蘿包裝進林葉的或媽媽們的膠袋裡。那些菠蘿包吃起來總有馬戲團的味道。

林阿母的工作也需要表演：她是高級超級市場裡的蔬果包裝員，每天都得戴著墨綠色的紙帽站在蔬果區裡表演把奇形怪狀的火龍果或羅馬生菜用保鮮紙包得天衣無縫，像替蔬果均勻地沾上糖衣，讓高貴的客人以高貴的價錢把它們帶走。林阿母說有時候會有高貴的小孩子站在蔬果區前面看著林阿母手中赤裸的薯仔或洋蔥，像是看見了赤裸的女人或男人一樣好奇，拉著他們高貴的母親或工人姐姐的手說他們也想像林阿母一樣徒手把薯仔或洋蔥握在手中，那些高貴的母親或工人姐姐總會倒抽一口氣，用高貴的手把他們拉走，口中唸著no, no, dirty, dirty。林葉翻過字典，實在不明白林阿母的工作有何下流；雖然林葉也害怕薯仔身上沾著那層泥，可是林阿母說高級超級市場裡的蔬果都已經被蔬果清潔員拿去泡過澡，也就不會再dirty了啊。

林葉沒有林阿爸，因此他很尊重林阿母的工作；林阿母的手藝讓她能給林葉買顏色筆和潔白的麵包，林葉以有這麼一位有才華的媽媽為榮。他也很努力的想要學習一種才藝好讓他大學畢業以後也能像林阿母一樣以手藝養活自己和林阿母，只是每次他拿起保鮮紙學著包裹香蕉或蘋果時，林阿母總會笑著搖頭，把保鮮紙拿開，叫他去看英文故事書或練習畫畫或是學習煎西多士。那些是更高貴的才藝啊，林阿母說。你長大了以後要比我更厲害，所以不要加入我的行業啊，林阿母說。林葉點點頭。

林葉堅信才藝是重要的，因為有外星人賣的那條街上幾乎每間店裡都有獨特的表演，而沒有表演的店也就慢慢地撐不下去了。首先關店的是櫥窗玻璃總是很髒的鐘錶行，然後是門前只擺了好多拖鞋和白飯魚和黑皮鞋的鞋店；影印鋪把自己擠向鋪位的右半邊，把左半邊讓給新來的店，可是擠著擠著影印鋪最終還是枯萎了。新來的店就這樣佔據了整個鋪位；它的同行也佔據了鐘錶行和鞋店的舊位置，像自空氣中飄來的孢子般一夜間膨脹成傘形的蘑菇。然而讓林葉無法理解的是，這些新來的店櫥窗裡居然也沒有任何的表演。

那麼它們憑什麼把以前的店從充滿優秀表演的街上擠掉呢？林葉甚至連它們在賣什麼都不太知道；然而它們的櫥窗卻像外星人店的櫥窗一樣總能讓途人駐足，讓林葉為賣命演出的外星人感到不忿。新來的店們都把整個櫥窗當壁報板來用，從上而下從左至右一格又一格的從裡面貼滿的A4紙，幾乎把櫥窗密封，只留下每張紙之間一兩吋的像溝渠一樣的空隙讓人看見裡面還有店員在駐守。每張紙上都印有附近大廈的名字和好些林葉看不明白的形容詞，其中總會有兩組數字，那應該是某種對途人的數學挑戰吧；林葉看得出通常櫥窗一邊的紙上會是一個三或四位數和一個七位或八位數的組合，另一邊的紙上則是一個三或四位數和一個四位或五位數的組合，因為那涉及太大的數字（八位數總不常出現在小學生的數學功課裡吧）和林葉不太擅長心算的除數，於是他就沒有計算那些數字之間的比例其實是多少。有些停步在這種數字店前面的大人會拿出紙筆來把考題抄下，有些人會拿走掛在櫥窗邊的傳單回家計算；林葉不怎麼喜歡數學，而且他本來就有做不完的數學功課，所以他才不會像那種大人一樣自找麻煩。

林葉在A4紙之間的縫隙觀察那間把涼茶店擠走了的數字店，看見了裡面有太多的椅子，便以為那是好客的店，讓客人可以坐著

計算貼在櫥窗上的那些考題，可是店裡面往往是店員們在電腦前面發呆，即使看見了林葉也只會面無表情或白他一眼後垂下視線，完全沒有演員或店員的專業意識。那些店員甚至會翹班：林葉不只一次看見那種店裡完全沒人，明明還是人來人往的午後，明明還是月曆中間黑色字體的日子，他們只要在門上掛上一塊寫著「出外睇樓」和電話號碼的牌子就留下空店，消失於聚在街角抽煙的人群和開始下午茶特價時段的食店之中。

那到底算是怎麼樣的一種店啊？林葉想起被數字店擠走了的士多，年老的店主即使無法表演也特地養了一隻很大很大的金色唐狗來吸引顧客，牠總趴在門前的地上，林葉伸手去摸牠頭時牠的眼睛就會瞇起來，懶洋洋的像士多裡的貨物一樣；被另一家數字店擠掉了的那間涼茶鋪裡有一隻長得像企鵝的貓和像恐龍的龜在青藍色瓷磚地上爬來爬去，像在城市中的動物園分店一般，飼養可愛的動物讓牠們盡力地娛樂客人。而那些數字店裡穿西裝的店員們卻傲慢得決不表演任何才藝，甚至連魚都不養一盆，彷彿只要把數字和形容詞貼在櫥窗上，那些油墨和字詞就能讓路人們主動走進店裡把錢包掏空。明明又不是巫婆的店也不是馬會。他們憑什麼？

別的店都是憑血肉和技能存活下來，為什麼這些店單憑展覽數字和形容詞就能把別的店都擠掉呢？林葉在心裡大聲地問櫥窗裡的外星人，可是腦袋呈錐形的牠沒有回答。

（二）　　　天空刮刀

有時候，林葉看見天空，就會覺得，無法呼吸。像是，快要被淹死了似的。不，應該是，像是成語故事裡那條被丟在半乾車轍裡的鮒魚般，再不回到水裡就要被晾成魚乾了。林葉每次走到馬路中央的安全島上站著把頭仰後，都只能看見被框在大廈天台之間像小溪一樣的天空，車子在小溪下方的馬路上不斷流轉，而天空則平靜如鏡，偶爾飄過一兩片雲，或是游過一兩隻鳥，然後，他就會覺得，無法呼吸。

他覺得那是一種很廣義的幽閉恐懼症，廣得像是整個大氣層都在往林葉一個人的皮膚上收縮壓近似的（而林葉從來不是那種自大得以為大氣層會因為他而崩塌的孩子）。林葉在英文課裡學到英文人有一個房子的喻體叫天空刮刀（skyscraper），每次他在區內抬起頭來都覺得這比喻貼切極了：他知道天空原本是沒有

形狀的，只是房子們都長得太高，高得總能刺進矮小的林葉的視線內，他能看見的天空，就餘下被房子割過的那麼一片，每一支天線每一道牆壁都給天空割出另一些菱角來。林葉看著那樣的房子時總覺得那是把太空人的氧氣罩刺穿的刀子，讓裡面的空氣與生命被迅速抽乾；然後看不見的薄膜就如保鮮紙一樣牢牢的收緊封閉，把林葉和斑馬線和馬路都裹在真空的繭裡。咳。

於是林葉經常到遊樂場去盪韆鞦。那裡是區內比較少天空刮刀的地方，而且只要坐上韆鞦用力的往上甩，彷彿就能自地面上起飛；如果能一頭飛進那片寬闊的天空裡飛得比最高的天空刮刀還要高，也許就能看見未被割得七零八落的天空了吧？每次林葉在韆鞦上看見飛機往浮雲相反的方向飛去時，都很想知道在一切天空刮刀的上方看見的天空會有多奢華、有多完整。他在韆鞦上把自己一直往上甩的同時也會把腳一直往遊樂場對面的高樓們踢去，把它們踏在腳下把它們像空手道表演用的木板一般踢成兩截，然後被它們割開的天空就能被解放，就能夠瘉合。如果要當超人的話林葉就是要當這樣的超人。

如果要當怪獸的話他也要當這樣的怪獸。

然而他知道世界上並沒有超人也沒有怪獸，即使有，平凡而貧窮如林葉這樣的孩子又怎可能會是其中一個擁有超能力的人呢？因此每次他自轆鞦上下來，遊樂場對面的房子依然無比堅定地站著，不管林葉再怎樣用力往它們踢，它們都不曾抖動或退縮。這片城市所在的土地並沒有超能力，連地震或海嘯都不會；因此林葉知道那千千萬萬座讓他呼吸困難的天空刮刀是永遠無法被移動的了。

因此，當他走在接近海傍的街上時忽然抬起頭來、看見大片的天空就像瀑布一樣流瀉下來落在自己面前時，他就完全呆住了。那道瀑布在兩幢高得林葉必須死命把頭仰後抬起才能看見盡頭的房子中間，天空垂直流下沖落在離路面只有一層樓高的地盤圍板裡。他看見黑色的鳥穿過那片天空往海的方向飛去，而海風則自相反的方向往林葉撲來，還帶著一點涼意和鹽巴，就如站在山上的瀑布前被灑得滿臉的輕細水霧：是真的，那片天空，他甚至還可以看見一絲的晚霞，橙紅色的、金黃色的，像渲染開來的潤澤水彩，溫柔而壯觀。

吓？

他記得那片空地以前也建著一幢很高的房子，把天空都頂在天台上不讓它墜下；那幢房子是在什麼時候消失的呢？還消失得如此徹底，連半隻窗子或一根水管都沒有留下來。而一旦房子被拔走了天空馬上就自空隙流瀉下來了，混合著鳥和風和晚霞，的確像是只能在豪華郵輪上或外國的度假勝地才能看見的美麗物事呢。他記得他的同學們總愛那樣子吹牛：每次長假期以後林葉一踏入課室，總會有誰說自己在拉斯維加斯過聖誕、誰到北海道看雪、誰又在泰國看見了不像男生的男生或不像女生的女生，而每個人一定會提到的，就是日落。他們總會說，他們住的酒店房間可以看得見日落，不管他們聲稱自己待在地球上的哪個角落，日落都是他們一定會聲稱看得見的景點，就像每個人都聲稱能吃到的超難吃飛機餐一樣。林葉是個很敏感的孩子，其他的孩子說的謊他一聽就明白，不過也是因為日落在這城裡無法輕易看見才值得如此特意的吹噓吧：在林葉住的地區天空實在是很稀少的物事，黃昏的太陽在天空徹底變黑以前就已被高樓遮蔽，總無法好好落在山後或海平線後面安息。而現在，太陽快要在他面前好好的安息了，能看見這樣的天空、這樣的晚霞的地方，根本就是新的旅遊勝地了吧。

林葉不自覺地微笑著，傻傻地昂著頭看橙色的陽光像瀑布一樣流下，直至警察叔叔走來問他是不是迷路了，他才回過神來。林葉說他只是在看日落，警察叔叔一朝那片天空看去，也看得呆住了，林葉看他一直沒有移開視線就乘機跑掉。他興奮得抄捷徑回家想要告訴林阿母，竟在跑過後街時再多發現兩道瀑布，在那條只有老人院和唐樓、寂靜得林葉幾乎不敢獨自走過的後街裡：在老人院和老人院之間的那道瀑布底部也是地盤的圍板，對面在唐樓和唐樓之間的卻已經變成了臨時停車場。兩片空地上方都填滿了剛剛變成藍色的天空，甚至彷彿還填滿了星塵，讓兩旁還未神秘消失的老人院或唐樓顯得更殘舊黯淡。

這時另一邊正在拆卸的舊樓裡步出了一群戴著安全帽的地盤大叔，他們一手脫著安全帽、另一手拿著啤酒，邊走邊大聲講話：

——唔（粗口）係因為人地嚟收購舊樓你邊（粗口）度會有飯開啊，（粗口）。
——（粗口）你鬼唔知咩（粗口）你。
——咁你就咪（粗口）通街同人講你有幾（粗口）唔妥佢地啦，唔（粗口）想撈啊？

——（粗口）你啦。

原來是這樣嗎？林葉趕緊跑回家告訴林阿母，說終於有超人或怪獸或愚公所信仰的神把海傍附近及後街裡擋著天空的大廈整幢拔起了，於是被高樓頂著的天空就如瀑布一樣流下來了，流到了矮小的住不起大廈頂樓的林葉面前。然後，然後就可以輕易地看見日落了呢，不用去外國也不用坐飛機，站在路上就能看見了呢，林葉興奮地笑。可是林阿母居然沒有笑。她說，這不是什麼好笑的事情，因為把大廈拔掉的不是要解放天空的正義超人，而是要賺錢的收買佬啊。可是林葉實在興奮得無法當個聽話的孩子：可是天空就這樣流下來了啊，就在我們都可以輕易看見的地方啊，這樣不是正義的事情嗎？把大廈拔掉解放天空的人，能順便賺到一點錢也很好啊，林葉飛快地說著。快點拆掉吧，快點拆掉吧，像瀑布一樣倒下，多還給我們一點天空，林葉說。林阿母好像想要講什麼，可是又把話吞了回去。她咬著嘴唇，看著林葉在狹小的飯廳裡模仿超人的動作手舞足蹈。

（三）　　**粟米芯大廈**

然後林葉發現自己誤會了。讓高樓們倒下的並不是什麼超人或神
明，而是蚯蚓，巨大的蚯蚓。

林葉會以這樣的理論推翻之前的超人論，是因為他看見了對面
那座大廈的消失並不是一瞬間被超人或怪獸或神明變走，而是
緩慢的、持久的、如長期病患般衰敗、枯乾、萎縮；直到清道夫們
到來把屍骸肢解搬走以前，枯死了的大廈都會如巨大的死樹般
立在原地，讓林葉像看自然生態紀錄片般把它的變化好好看清。
他在常識課上做過類似的實驗：把白色百合花插在混了顏料的
水裡，百合花就漸漸的被染成牛仔褲或叉燒的顏色，自接近花蕊
的地方開始往花瓣尖端擴散，幼細如髮的一絲絲顏色自蒼白的纖
維下透現，像垂死病人脆弱的血管。在課後林葉把花拿回家裡擺
了幾天，看著花自被染色的地方開始毒發腐爛、蒼白的花瓣漸漸
液化成透明的膿包，而那被泡在顏料裡的莖，一點一點地潰瘍成
半液態的一坨黏膩，直到那盆混濁的水惹來了黑色的小飛蟲，林
葉才把它和死狀可悲的花瓣一起倒進了垃圾筒。林葉從來不是
殘忍的孩子，只是他對於植物的慘死都沒有什麼感覺，甚至不會

覺得它們會真正的死亡：植物們沒有眼睛，沒有體溫、鼻息，沒有一切在動物身上能讓林葉覺得憐愛的生命表徵，也沒有什麼能把死的跟活的植物清楚的分辨開來的證據，於是植物的腐爛對他來講，也不過是，身體過期而已，連死亡都算不上。

可是在林葉家對面那座大廈的枯萎卻讓林葉覺得非常有趣，有趣得他以比觀察百合花潰爛更強的恆心觀察了它半年。也許這是因為，對於林葉來說，那些窗子就是房子的眼睛，因此當那些眼睛在他視線範圍內反白時，他便開始盯著它，看著它細微的變化，像是看著誰在他面前死掉似的。不，不，林葉真的不是一個殘忍的或無法被死亡搖撼的孩子，他只是好奇，連死亡和潰爛都好奇，才會這樣直盯著那些在他面前死去的物事看吧。

那座大廈的地面曾經有文具店、花店及幼稚園，可是在林葉開始懷疑為什麼它們的大閘已經那麼久沒被打開時，它們已經倒閉了。而在它們上面的住宅們，也就漸漸清空、枯乾，自底下的樓層開始慢慢地熄滅，直到右上角的最後一隻窗戶嚥氣倒斃。一開始是地鋪的鐵閘關上不再打開，然後樓上的人們開始慢慢自大門撤離，帶著大箱大箱的衣物，登上大輛大輛的卡車，清空了大個

大個的房間。他們遺棄的窗戶失去了待乾的衣物和彩色的窗簾，忽然就像失去了瞳孔的眼球，只餘下一大片的眼白罩在窗框裡，無意義地乾瞪著對面的林葉、折射著街燈的黃光。慢慢地那些眼白也開始變黃萎縮，窗框上的玻璃窗突然被誰拆去，彷彿乾塌了的眼球把視網膜扯掉了，縮成一團往林葉看不見的室內掉落；窗戶一隻一隻陷落成骷髏頭的眼窩，裡面是一種遙遠晦暗的空洞，像木乃伊的棺木般永恆靜止，再沒有人走進去，也沒有人再走出來。

整座房子就忽然縮小了一圈，靜止了，鏤空了，風和鳥和幽靈都能自由進出那些空穴，但從來沒有什麼會在裡面停留。林葉站在廚房的窗前看著那些眼框，裡面是一種出奇地老舊的棕色，明明在半年前那些窗子裡還每晚亮著不同色調與溫度的燈光啊，他記得哪三隻窗子裡長年亮著神檯的紅燈、哪一隻窗子裡的光管是一種奇怪的青色，以及哪一家人在窗前放了一大缸金魚，讓那隻窗子每天夜裡都發著藍光。那是一幢彷彿隨時都準備好可以過聖誕節的大廈，才六層樓每層三隻窗戶，連林葉都能輕易記得；然而住在裡面的人們一離開，那些窗戶就在半年內老化成死樹的顏色和質感，似乎再強壯再堅固的磚牆和石屎也不比木頭更

能長生不老呢。

而那幢大廈就那樣站著，撐著所有早已乾枯的眼睛立在林葉的面前，在大門上有誰來掛上了公開拍賣的牌子，卻仍沒有人走進去也沒有人走出來。可是這樣一座枯死了的大廈又有誰會來把它買下呢？它幾乎就像是林阿母會拿來煮湯的玉米芯一樣：林阿母喜歡把新鮮的粟米粒混在白米裡煮飯，於是她教過林葉如何把粟米完整地從粟米芯上剝下，而林葉總會訝異於粟米芯的乾燥和輕盈，明明掛滿金黃飽滿的粟米粒時它顯得多麼的沉重堅實，一但被剝光了卻像迅速枯乾的骨頭一樣變得空虛暗淡，只殘留一點因林葉不小心把粟米粒擠破而沾上的粟米汁，那麼一絲的濕潤感。那根本不像粟米的本質。林葉看著那像粟米芯般輕飄飄的大廈，突然覺得好像再也沒有什麼永恆得可以讓他堅信不移。

林葉聽林阿母說過地鐵將要在他們家附近經過，它會像巨型蚯蚓般一路翻滾，讓泥土穿過它的肚腸、混和或許對植物有益的黏液再吐出來；林葉非常討厭蚯蚓、泥土和黏液，要是他是植物而他的根裡有蚯蚓鑽過，他寧願屏息讓自己立刻枯萎死掉也不要讓它的黏液滲到自己的根莖裡。對面這座大廈也是因為這樣

才會自根部開始枯萎吧？它才六層樓高，後面比它還要高的學校還撐得下去，可是粟米芯大廈這麼矮，黏液一下子就能自地底爬到頂樓了。連最貴重的地鋪都失守了，上面的小房間們還能撐多久？

昨天那個公開拍賣的牌子不見了，今天就來了幾個工人來把粟米芯大廈地鋪的鐵閘撬開，把幼稚園裡的舊桌椅連同破爛的鐵閘隨便丟進卡車裡運走；粟米芯大廈旁邊的住宅前也停了一輛卡車，有人正在把大箱大箱的衣物小心翼翼地搬進去。似乎那隻巨型的蚯蚓正在毒死長得比較矮的住宅大廈呢。幸好林葉所住的大廈長得又肥又高，十幾層樓每層十幾戶人，即使是劇毒的蚯蚓也無法輕易把它變成輕枯的粟米芯。於是林葉自窗前離開，回到房間裡哼起音樂課剛教過的新歌：這棟房子還是可以相信的。它這麼胖，就算其他鄰居們都搬走了，它還是不會輕易地粉碎崩塌在他頭上。

後來林阿母告訴他那些不是數字店，而是一種特別的燕窩店。林阿母說，你有見過燕子的巢吧，林葉點點頭：他見過燕子鑽進在空置住宅屋簷下的那些泥黃色鳥巢，牠們在空中劃過一條弧線終結在鳥巢，又自鳥巢劃起另一條弧線到有食物的地方，巢裡或許有小燕子吧，可是林葉總看不見。而林葉從來不喜歡泥黃色或泥，那是和狗廁所和地盤和肚臍垢一樣的顏色，多看兩眼彷彿連眼角膜都會惹塵發炎；於是林葉在看過裸身住在泥屋裡的燕子後總得走進超級市場裡看看那些裸身躺在保鮮紙裡的冰鮮雞，讓寧靜冰凍的皮膚把他臂上的雞皮撫平。

然後林阿母說，那你有見過燕窩吧，林葉也點點頭。他常常在下課後到海味街看看魚乾和菜乾和蘑菇乾和肉乾和海星乾如博物館裡的木乃伊般鋪在紙箱和膠袋裡，在那些鹹香而昂貴的乾屍之間常常有那樣晶瑩潔白的小彎月，整齊地填滿巨大的玻璃瓶，像用白膠漿織成的淺碗，乾淨而高雅。林葉也曾在超級市場裡看過煮熟了的冰糖燕窩，一絲一絲地凝在通透的糖漿裡如濃郁的雪景水晶球，輕輕一搖，好像就響起了林阿母以前常給林葉唱的安

眠曲，月光光，照地堂，一絲絲的精緻如綿羊們在林葉的眼角輕輕踱步，林葉就微笑著輕輕地合起眼來。

其實燕窩和燕子的巢是一樣的東西喔，林阿母說。林葉的瞳孔瞬間放大。

晶瑩潔白的燕窩是用來賣的，而泥黃色的燕子巢是用來住的。燕子父母為了生養小鳥而建起自己的巢時得用嘴巴含著泥和草枝，用口水在安穩的屋簷下黏合出一個弧形的小棧——林葉聽見了瞳孔變得比貓眼更大，如果人類也得如燕子般用嘴巴叼著建築材料來建屋，林葉必定會把建築工人奉為神明，因為他連在小白菜裡咬到沙泥已經會反胃作嘔，又如何能把水泥和磚頭和水管和木門都往嘴裡送？又該如何向林阿母承認他一直在偷偷地把零用錢存起，想在她生日時給她送上一瓶能讓女生變美麗的冰糖燕窩——當他終於知道那曾是和泥巴混在一起的物質？

林阿母摸摸投進她懷裡發抖的林葉的頭說，可是人類吃的燕窩和燕子巢有許多分別，因為人類會用刷子和鉗子和手指和其他許多小道具很仔細地把泥沙和草和羽毛和其他雜質都自晶瑩的

結構裡洗淨。人類建房子也會把灰的黃的水泥和磚塊用白色的油漆和瓷磚蓋起來，變成美麗而容易清潔的模樣吧？對面那所殘舊得連窗子都隨油漆剝落的空房子，也被改頭換面成為金光閃閃美觀大方的超高新樓了吧？臉還埋在林阿母懷裡的林葉聽了，點了點頭，那個忽然變得可怕的秘密計劃，又能安穩地繼續下去。

所以你當時也得像燕子媽媽那麼辛苦，才得到我們所在的這所房子嗎？林葉轉過臉來看著他年輕的母親。林葉這時發現她的臉頰和他的女同學不一樣，女同學們的皮膚如橡膠氣球般緊繃粉嫩而有彈性，而林阿母的臉則如金屬氣球般乾燥並在邊緣起皺。林阿母抿了一下嘴唇，眼睛裡的訊息和林葉的姨媽姑姐對林阿母提起林葉的父親時一樣。林阿母的眼睛平時總溫柔而甜美，像白兔糖外的米紙一樣清脆；而此時的林阿母眼裡像是裝滿了咳藥水，混濁、苦澀、濕潤而且遙遠。林葉大概是問到了林阿母的一個和那位林葉沒見過的林阿父一樣等級的傷口了。

林葉立刻坐起來，用力抱住林阿母的脖子，彷彿只要抱得夠緊，林阿母那裂開了的心便能再次密合起來。我會努力長大的，他

說。到我長大了我就會像其他的大人一樣努力賺錢,除了要去數字店買好多好多燕窩給你吃讓你的臉頰變回像小女孩一樣細滑,我還要去買一間房子,就像你教我去宿營時要帶兩條內褲一樣,就算不小心弄髒了一條也有另一條作後備。林阿母聽了他如此認真地承諾便笑了:傻瓜,數字店其實也不是真的會賣燕窩,數字店賣的是房子、那些數字就是房子的租金或價格,店子在賣的也就是人類的巢、如燕子的窩,哈哈。

可是林葉沒有笑。他皺起眉來,認真地說這並不是開玩笑的話:我知道我的數學成績不怎麼好,可是我知道大人們的工作愈需要良好的數學成績,大人們能賺到的錢就愈多,比如需要計很多數的會計師比不用計那麼多數的廚師人工更高,管理好多好多間超級市場的經理比只管理林阿母那間超級市場的經理富有,而數字店居然能把房子以有那麼多位數的價錢出售或出租,在裡面工作的人一定就因為需要計那麼多那麼大額的數字而能獲得巨額的薪金。我現在才只學到兩位數乘兩位數的方法,距離可以計算那些長長數字還差很遠,不過我會努力成為可以在數字店裡工作的數學家、買賣那些比一般工人月薪高幾百倍到幾千倍的房子,因為我要確保你不必像燕子用嘴巴建房子那樣辛苦、即

使我們現在所住的房子終有一天被蚯蚓吃掉或是被日落推倒或是被別人的數字店擠掉，林葉皺著眉扁著嘴宣佈。

林阿母的眼睛裡好像又注滿了咳藥水，可是太陽剛在林葉講話時下了山，房子裡的昏暗好像照出了她眼睛裡的一絲閃亮。她抱起林葉走到窗前，一聲不哼地看著外面的街區，街燈漸漸地亮起來給牆壁描上樹木曲折的陰影，也感染了好些窗戶亮起或白或黃或藍或紅的燈來，使城市的輪廓看起來像以聖誕燈飾串起的網絡。林阿母沉默了好一陣子，久得讓林葉暗暗地擔心自己最近有沒有變胖讓抱著他的林阿母手臂酸痛；而林阿母忽然開腔了，儘管眼睛的模樣被夜色掩蓋：答應我，如果你真的要做那樣的人，你只能買賣沒有人住在裡面的窩，而不是仍裝載著人們的巢。

林葉點了點頭，不過哪些是人巢，而哪些是人窩呢？林葉看著街上像蚯蚓般肥壯的數字店和那成千成萬或明或滅的窗子，決定要學好數學。

2015年4月

（註）連接西環的港鐵西港島綫上月底通車。自西港島綫開始興建，港島最早發展城區之一的西環便開始轉變。

超級市場

蕨和甲由和恐龍的骨灰

林葉想要一雙塑膠雨靴,圓滾滾的,紅通通的,能在雨季裡保護雙腳的。他也想送林阿母一雙塑膠雨靴,好讓她在下雨的晚上回超級市場值夜班時不必沾污腳趾:有時候林葉得在下大雨的午後獨自放學,還未自校門走到對面馬路,腳上的黑皮鞋就已變成了終將遇難的小船,襪子和腳趾們泡在泡過死葉和死草和死甲由的水裡一直擠壓擠壓,林葉都會難受得想哭,雖然周遭已經夠多水了。林阿母想必也會想要一雙堅韌美麗的塑膠雨靴吧,在那些街道浸滿死葉和死草和死甲由的日子裡,雖然林阿母什麼都沒有說。

下大雨的晚上林葉總會把家裡的門窗關得緊緊的,因為外面有被風吹得橫飛的枝葉和被大雨嚇得亂竄的甲由。他巴不得像消防員叔叔在學校教他的那般用大條的毛巾像擠玻璃膠般把門縫都緊緊地堵起來,毛巾裡浸滿的不是預防濃煙竄入的清水而是濃烈的殺蟲水——可是林阿母說過小孩子不可以碰殺蟲水,而家裡最大條的毛巾是林葉和林阿母共用的浴巾,他捨不得把那麼溫柔的物事拿去驅蟲。於是獨留家中的雨夜裡林葉都只能把

家裡的燈都亮著、用比平常多的沐浴露洗一個比平常久而燙的熱水澡,早早換上乾淨的睡衣抱著毛熊窩在被子裡,在腦中編著各種有關小白狗和醫生的白袍和聖誕老人的白鬍子的故事哄自己睡;如果打雷了,他便會穿上拖鞋(乾淨的腳底不想要踩甲由踩過的地板)、走到廚房裡撕下一小片保鮮紙如手帕般綁在毛熊的頸上──保鮮紙最乾淨了,保鮮紙會保護我的,自外面那些可怕的吵鬧的死葉和死草和死甲由,林葉想。

可是在大雷雨的晚上,林葉往往無法夢見他最喜歡的保鮮紙。他總會作奇怪的惡夢、夢見奇怪的前所未見的妖獸,而當他醒來,毛熊頸上的保鮮紙早已被他於夢中撕成碎片,彷彿成為被詛咒者替身的紙人般支離破碎,無法回收。

你夢見蕨的骨灰們甦醒一如被磨成藥粉的木乃伊
自傷口表面
剩菜上方
自醫生的手與破爛的肚腸之間

以及齒間，咬成方形的吸管

果汁棒棒糖的外皮

潤澤嘴唇的凡士林

還原　　成絨毛

和蝕骨的根　　　深遠

無法收割　　　　或根絕

或回收

或驅趕手持貴賓卡的狼

還好林葉和林阿母能住在可以自大雨中保護他們的房子裡——
有些雨夜裡林葉實在無法入睡，他便會緊緊抱住毛熊和保鮮紙
在被窩裡想像房子為他擋去了多少危險的野生動植物。比如那
些無處不在而且比恐龍還古老而且比恐龍更難殺死的蕨類。或
是那些無處不在而且比恐龍還古老而且比恐龍更難殺死的甲
由。房子外面的世界實在比房子裡面的世界髒亂得多——這房
子實在像是某種方舟，只是被允許受玻璃窗與玻璃膠保護的只
有人類，以及乾淨明亮的塑膠製品，像浴室裡裝沐浴露的瓶子、
擋在腳底和地板之間的拖鞋、人造纖維的睡衣和保鮮紙。它們比
一切的動植物都乖多了，它們整齊、穩定、萬年如一，它們和外面

那個充滿狗尿和污泥的世界沒有任何瓜葛──它們都來自遠離地面的髒物的純淨石油，林葉知道。

雖然惡夢還是會穿過玻璃膠飄入林葉的鼻孔。

你夢見甲由的骨灰們起義一如被坑殺的革命者
自玻璃膠裡
乳膠漆裡
自蠟筆畫
以及蠟燭，潛伏遠古的幽香
遙控器與電視本體
USB線的絕緣體
重聚宗族累積的痛恨
滾存　　繁衍
不變　　百萬年
靜待時機
一舉自晚晚晚晚晚輩手中重奪生活的細緻與安逸
行走於地表的權利
以及地表

每個大雷雨的晚上林葉都會再次下決心要好好的唸書、考進最好的大學好賺最多的錢，以確保林阿母和自己的四周永遠都能有一所堅固的房子，即使連下四十日大雨都能讓他們安穩地和滿屋的塑膠製品一起存活的房子——那時候即使下再大的雨林葉都不會再作惡夢，那些被血肉模糊的木乃伊和牙齒像林阿母那麼大的恐龍和叛變的保鮮紙追殺的惡夢。林葉如此想著想著總能安穩的睡至天明；早上起來，大水已經退去，街道已經洗淨，林葉又能踩著乾爽的人造皮運動鞋穿著人造纖維運動褲上學去，路過街邊的鞋店時看看櫥窗裡的紅通通圓滾滾的雨靴，計量著能不能趕及在雨季結束前儲夠錢送林阿母最乖巧善良的禮物。

你夢見恐龍的骨灰們湧出一如沸騰的地心
自沉沒的運油輪裡
擱淺的膠粒
自焚化爐裡飄起
水樽，無法得道或重生
二噁英和水鳥羽翼
6-pack ring和海豚的吻
女孩的髮圈隨意穿脱

細如孢子　　　　狂如始祖

如潛龍literally於山下修煉過百萬年

骨灰們將頂著鑲鑽的皇冠再度君臨地表

悄然　　　悄然

意大利貝殼

有時候林葉想收集貝殼，他便會到他媽媽工作的地方去。小時候林阿母帶過林葉到赤柱拾貝殼，他記得從巴士站往沙灘的路上看見許多被菲傭牽著的小狗，便忽然想起那些散落街角的狗廁所，像一個個迷你沙灘裡藏著如貝殼般的異物——林阿母問他為什麼滿頭大汗是不是暈車浪是不是中暑在巴士上吃的芝士火腿包是不是變壞了，林葉咬著唇走在灼熱而成份不明的沙子裡忽然嘔吐大作，正好把消化到一半的麵包吐在二人新的涼鞋上；濕熱的海風把酸味輕輕吹散，露出沙子裡一顆顆像死去海盜頭骨的細碎貝殼。

還是在超級市場裡販售的貝殼最乾淨，林葉想。林阿母工作的地方是中環的高級超市，貝殼們常常來自遙遠高貴的意大利，那些標籤上陌生的語文像把他隔在博物館的玻璃箱和冷氣以外。就算海灘上的貝殼乾淨潔白如醫生叔叔的手套和口罩，他還是喜歡離它們遠一點點：貝殼畢竟是來自泡著許多死魚和泳者的海裡。自意大利進口的這些貝殼大概都是經精挑細選的品種，不管是細小如一毫硬幣的、中型如一元硬幣的、甚至巨型如三份之一

張十元紙幣的罕見異變種，都是同樣的形狀，像還未包好的餃子般訴說著一種安靜的空洞、看不出貝殼還活著時曾盛載怎麼樣的軟體生物，像徹底消毒過、再也沒有指模的玻璃門般使林葉安心。

林葉常常站在滿貨架的意大利貝殼前，想像意大利的工人穿上和新聞影片裡撿走禽流感活雞的人一樣的全套防護裝備，在比赤柱更炎熱更蔚藍的海邊彎腰撿拾一個又一個的意大利貝殼，運到工廠裡按大小分類清潔染色；閉上眼他幾乎可以聽見工人們用小刷子仔細地清去海鹽和沙粒，如海浪聲一樣催眠。林阿母也知道林葉喜歡這些貝殼，於是在她完成把栗子和奇異果逐一用保鮮紙如作繭般包裹的工作後，便會牽起林葉的手一起回家，和他一起在各自的餐盤裡挖掘意大利貝殼：比起或許藏著狗便便和汽水瓶的沙灘，林葉還是比較喜歡絕對乾淨澄澈、只混有林阿母親自挑選的火腿的湯通粉，在這樣的環境下用匙羹收集貝殼實在比用手接觸野生貝殼安全得多了，林葉邊咀嚼邊對林阿母微笑。

法國田螺與蒸蛋糕

作為一個嚴謹地潔癖的人，林葉實在搞不太清楚法國人到底是一個喜歡整潔還是喜歡黏膩的民族。他看過法國田螺的模樣，在常識科的壁報板上、在林阿母工作的超市裡的法國食品節試食攤位裡、在英文電視台偶爾播放的外國旅遊節目裡；而法國田螺總是油淋淋青呦呦的、帶有一種曖昧細碎的質感，像美勞室裡那些被太陽曬至分解發臭的綠色顏料，瀉滿潔白的調色盤。可是法國田螺同時又是一種如此整齊的食物，總是被置於如雞蛋盒般滿佈凹槽的特製白瓷盤裡，像必須整理生活環境的強迫症患者、讓每件事物都有為它度身訂造的容身之處，可見法國人如果認真起來，還是可以像林葉一樣當個稱職的潔癖者的呢。

而且認真的法國人可以造出最美味最整齊的糕點，幾乎可以使人忘記油淋淋青呦呦的法國田螺也同樣來自法國。那天超級市場裡一個和林阿母穿同樣制服戴同樣紙帽的阿姨在站滿顧客的試食攤位裡，給林葉遞來一小方塊刺在牙籤上的金黃色軟體；林葉謹慎地先用鼻尖檢查，小方塊散發濃濃的牛油、雞蛋和白糖香氣，和他常在這所高級超市裡試吃到的名貴糕點有著一樣乾

淨奢侈的質感。那油潤輕軟的金黃色方塊溫柔而美味地被吞下之後，他才看見攤位上擺著未切開的商品，原來是像林葉的手掌般大的法國扇貝型蛋糕madeleine，想必是以法國海邊拾來的扇貝作模具、如製作粉絲蒸帶子般盛著麵糊蒸製而成——法國這個國家怎麼也和長洲一樣，喜歡用扇貝當廚具來製作美食呢？

不過最重要的是：以油淋淋青呶呶的田螺作為美食代表的國家，是否會先把用來製作蛋糕的貝殼徹底清洗乾淨？他記得在音樂課上看著名音樂劇《孤星淚》時聽說當時法國的瑪麗皇后曾因提倡國民改吃蛋糕而聞名於世、而不管是哪個時代哪個國家的皇族都喜歡乾淨，既然蛋糕也是對法國人來說非常重要的食物，大概這種瑪德蓮小蛋糕會承繼瑪麗皇后的性格吧？林葉盯著那些金黃而整齊的小蛋糕、捂著自己的胃，由衷地希望製作蛋糕的那位法國人喜歡瑪麗皇后而不喜歡田螺。

沙甸魚木乃伊

林葉的夢想是去英國看木乃伊。他在兒童百科全書裡看見過的法老王木乃伊、貓木乃伊和鱷魚木乃伊現在都躺在大英博物館的玻璃櫃裡、像超級市場凍櫃裡的冰鮮魚一樣凍結住幾千年的歷史。香港的博物館並沒有收藏木乃伊，林葉不可以為他長大以後的木乃伊之旅先作預習；所以林阿母常常送他一些現代的模擬木乃伊，讓林葉可以和城中喜歡古埃及文化、或日後想到外國成為考古學家的人使用一樣的教材，預先練習和木乃伊接觸。

早期的木乃伊在肉身外有一層、後期的有兩層甚至三層如俄羅斯人偶般套著的棺木，每層都以斑斕的色彩塗畫上肉身仍然活著時的全身面貌、好多好多的裝飾圖案以及以現代人難以理解的古代文字寫成的符咒——林葉把模擬木乃伊的彩色包裝仔細打開時想，這樣嚴謹地在棺木外標示棺木裡到底安葬了誰人，不就方便了當年闖進金字塔裡盜墓的人嗎？一個一個裝有珍貴之物的箱子，如超市貨架上的罐頭魚一樣展示著箱子裡是哪個品種哪個階級的肉身。

不過到了棺木被打開的一天到來，棺木裡的肉身也早已變成和棺木外的圖案完全不同的模樣。林葉知道古埃及人擅長以細布條、香料和酒等物質把肉身醃製成木乃伊，到了幾千年後科學家開棺時常常仍可保有死者的頭髮、牙齒及皮膚的紋路；而現代的模擬木乃伊也使用了類似的科技，以高純度的橄欖油、飽和的鹽水或混有許多香辛料的濃烈醬汁把肉身浸沒防腐，讓肉身保有彈性和肉汁。然而不管是古代還是現代的肉身，在開棺後都只是咖啡色的皮肉和脆弱的骨頭，即使仍未腐朽（有時林葉還可以看見現代木乃伊的閃亮眼球），也和剛新鮮身故的模樣相差甚遠。

還好林葉並不在意。他把現代木乃伊從棺木裡倒到熱騰騰的白飯上、再仔細地將殘留在棺木裡浸泡著魚肉的茄汁仔細清洗乾淨：林阿母常常在她到超市值夜班前給林葉一個新的魚木乃伊，讓他邊看百科全書邊吃晚飯，他已經收集到沙甸魚、鯪魚、一些叫mackerel和pilchard的外國魚的棺木，終有一天他會把這些罐頭帶到英國的博物館去，讓它們和它們模仿的對象隔著玻璃櫃碰面。

奢侈

接近聖誕節時林葉和同學們一樣會穿藍色的棉襖上學，可是同學的單薄的口袋裡常放著一小袋混合鐵粉的活性炭，讓他們的手一直都暖暖的，使不出攻擊別人頸項或臉頰的「凍柑」來；而林葉則是把單薄的手放在單薄的口袋裡，像一直握著兩柄上了膛的槍，讓同學都不敢用手掌捧起林葉的臉，雖然林葉也不太喜歡用「凍柑」來攻擊別人就是了。他用冰冷的指頭撫著口袋裡繡著中式圖案的布料，抬頭看著聖誕崇拜裡三個戴著假鬍子的高年級生捧著禮物獻給馬槽、看著一個戴著假鬍子的阿sir提著禮物派給各班班長，他忽然很想，很想，很想要一隻暖蛋。

他不曾帶過暖蛋上學，只曾借過女生們藏在口袋裡的暖蛋來玩：那像是一隻壓扁了、再拉長、再鏤空曲折或圓形圖案的扭蛋殼，垂直扳開，裡面裝著一小袋混合鐵粉的活性炭，散發著隨時間遞減的昂貴的用完即棄的熱。有時候女生們會在課室裡交換半個蛋殼，讓自己和好友各拿一半白色一半紫色或一半粉紅一半黃色的暖蛋，藏在懷裡，像企鵝媽媽，或袋鼠媽媽，然後嘻嘻嘻嘻的笑，閃著美麗的金光走遠。林葉總是坐在遠處看著，想像如果自己也

帶一隻暖蛋上學，會不會像海馬爸爸：男生們都不會用暖蛋，只會把那小袋混合鐵粉的活性炭直接放在口袋裡，像散紙包一樣，從不像什麼纖細的動物，也不會像女生們一樣嘻嘻嘻嘻的笑，一點也不可愛。林葉總是這樣想著想著，就到了中午，太陽出來了，他一個人在暖暖的陽光下走路回家，慢慢的又忘了那人工的暖。

不過這一次，他真的很想要一隻暖蛋：如果他有一隻暖蛋，當林阿母在寒冷的夜裡值夜班、把林葉獨留給毛熊和床時，林葉就可以把暖蛋藏在被窩裡，把電筒也藏進被窩裡，把頭也藏進去後，就像是在山洞裡燃起了火堆，招待他的毛熊和腳上的棉襪來取暖、唱歌，玩著玩著，累了，就把火滅了，只剩暖蛋的餘溫陪他和毛熊，就能暖暖的睡到天明，像個疲憊的探險家。不過林葉沒有暖蛋。也沒有拿來買暖蛋的錢。林葉的錢包裡只裝了八達通、學生證、圖書證和足夠到城內的急症室求診的費用，林阿母說這是緊急時用的錢，如果林葉摔下了樓梯、嘔吐不止或是被不穿褲子的叔叔追趕的話，就可以拿那錢去急症室掛號或坐計程車逃跑。另外林葉還準備了用來打電話的零錢，也是留在手機沒電的

緊急情況裡用的錢；林葉有拿到一星期十元的零用錢，可是他正在存錢準備買一本他常自圖書館借走、喜歡得決定要買下來的圖書，所以他實在不想把一個星期的零用錢都花在一隻奢侈的暖蛋之上。

於是當林阿母去值因假日而生的夜班、把林葉和他的毛熊獨留家中的晚上，林葉一邊扭動冰冷的腳掌，一邊告訴自己暖蛋實在是奢侈的、可有可無的、只可以用一次的、自私得只能讓自己溫暖的消耗品，像護髮素、潤膚膏和濕紙巾一樣，都只是棉襖上繡的花紋，沒有了也不會有太大分別。

於是林葉花了十五元買禮物應付班上聖誕派對的交換禮物環節、換來了可有可無的棒棒糖和圖章，花了五元買一瓶太貴的水來止渴，花了三十元買一瓶潤膚膏給林阿母當聖誕禮物，還是沒有買一隻十元的暖蛋給自己和毛熊。晚上他躺進還未睡暖的被窩裡時總會在腦袋裡搬演山洞裡營火會的情景，想像毛熊在火堆上烤魚、想像白兔們手牽手跳舞，想像在營火會的尾聲林阿母剛好趕及回家，然後大家一起在火堆邊暖暖的睡下。直到他醒來、抹去自微張的嘴角流下的口水，他確是躺在暖暖的被窩裡，

可是他還是在想，想著暖蛋。揮之不去。

聖誕節那天晚上，林葉乘著林阿母出去上班了，就給潤膚膏的瓶頸綁上一段他在抽屜裡找到的絲帶、和自己畫的聖誕咭一起放在林阿母的床頭，爬進被窩裡閉上眼，努力想像另一次歡樂的營火會，讓紅鼻子的鹿都進山洞來，讓長著真的鬍子的老人也進來，把禮物分發參加營火會的大家；而林葉知道他拿到的禮物是好多好多袋用不織布裝起來的混合了鐵粉的活性炭，可是他要留到早上才可以拆禮物，因為第二天才是拆禮物日，他要乖乖的等，不然手中的禮物會像鹽柱一樣溶化，所以他要乖乖的躺著，乖乖的等著，乖乖的睡著。

第二天醒來，他看見枕頭邊放著一小袋混合了鐵粉的活性炭和一隻暖蛋殼，用絲帶綁著，就像昨天他綁過的那段一樣。他連忙下床、跑進客廳，長著鬍子的老人不在，林阿母也不在；他擦了擦嘴角，吞了一口口水潤濕像講了一夜夢話一樣乾涸的口腔——然後他看見林阿母的拖鞋和杯子，好像都和昨晚的位置不一樣了？

於是林葉嘻嘻嘻嘻的笑了。

愉快象牙餅

聽說有些古人喜歡用象牙筷子：林葉躺在學童牙科保健的板間房裡看著上方像解剖外星人用的手術射燈，聽著別的房間裡傳來各種鑽探、打磨、敲鑿和抽吸聲，努力往思緒騎著的馬狠狠地加鞭逃離現場好使自己不再注意正侵入他口腔的那些手指和割刀。人類的牙齒和象牙一起出現在人類的口腔裡，會是怎麼樣的質感呢？清潔象牙筷子時，應該用牙醫姐姐送的牙刷和牙膏嗎？雖然林阿母一直教林葉用海綿和洗潔精清洗碗筷，可是大象大概並不會用海綿和洗潔精刷牙；如果林葉有一雙象牙筷子，他又該用什麼東西去清潔大象脫下來的牙呢？

當然，這樣的想法是不切實際的。即使林葉所處的城是林葉所處的星球上其中一些販售最多象牙的地方，也不代表林葉可以輕易獲得象牙；正如林阿母即使在販售許多愉快動物餅的超級市場裡工作，也不代表她可以常常給林葉帶來那使他非常愉快的零食。牙齒應該是一種相當昂貴的物事：林葉在音樂課上看過《孤星淚》，電影裡那美麗的女主角Fantine先是賣掉了長髮、然後又賣掉了她的大牙，她如母象一樣努力用自己的身體保護在看

不見的地方的女兒，那她的身體至少應該是值好一些錢才能當成商品出售吧。林葉不知道要買她的或母象的牙齒要付出多少錢，他只知道要買到一盒愉快動物餅、林阿母需要工作十分鐘，要給林葉買牙膏牙刷和牙線、則要工作大半小時。Fantine和大象在被拔掉牙齒前後不久都孤獨地死去，生命和牙齒彷彿連在一起；林阿母用她大半小時的生命來換取林葉的牙齒健康，這樣的交換便顯得特別昂貴。

還好林葉喜愛的愉快動物餅並不是糖果，也不是汽水，不算最能危害林葉牙齒健康的零食；而林葉在看過《孤星淚》後便一直乖乖地使用牙線，因為牙線就算再麻煩，能使用它仍是一種Fantine和許多大象那些被拔離牙肉的牙齒無法享有的特權。那些買下Fantine和大象大牙的人，到底有什麼無法以別的方法解決的需求呢？牙醫往林葉的牙齒上再塗上一層味道奇怪的氟化物：牙齒還是留在牙床裡最快樂，林葉忍耐著想。

飛天魚翅

在林葉出生以前，那個人人富足得可以用魚翅撈飯的年代早已
過去。於是林葉只可以偶爾在小賣部吃吃碗仔翅和魚仔餅，想像
一下真的魚翅湯會是怎麼樣的味道。他聽說這城從很久以前便
是個販售魚翅至世界各地的海味城：別國的婚禮上也有眾多的
賓客圍坐在擺滿魚翅湯的餐桌邊，舉杯祝賀一對對英國籍美國
籍法國俄國日本德國意大利奧地利籍的新婚華人夫婦嗎？魚翅
湯的俄文是什麼？法文呢？魚翅們到了外地會無法溝通嗎？當魚
翅們由當年的啟德機場和如今的赤鱲角坐飛機到英國或俄羅斯
或奧地利時，它們會像人類乘客一樣拿著BN(O)或特區護照嗎？
安排魚翅坐飛機的旅行社們，又會知道本來擁有魚翅的鯊魚們
來自哪國的海域、會不會暈機浪（氣流和海浪大概是不一樣的動
感吧）、喜歡吃雞肉還是魚肉的飛機餐嗎？

林葉猜想那些借用飛機的翅膀飛到外國落地生根的華人，仍是
會偶爾想念碗仔翅和魚仔餅等在香港隨處都可以買到的食物
吧——不過林葉又沒有移過民，沒有坐過飛機去沒有碗仔翅和
魚仔餅的城市裡生活，他又怎麼會知道那些像急凍雞翼和急凍

魚柳一樣坐過飛機到異鄉的生命在想什麼？林葉連他手掌裡捧著的韓國魚仔餅到底喜不喜歡香港也不知道：「歡迎光臨」的韓文是什麼？魚仔餅和魚翅會說英文嗎？「你們喜歡在陸地生活還是在海底生活」的英文是什麼？然而不管林葉怎樣說，魚仔餅的肚子裡還是沒有話語，空洞而沉默得容得下一個迷你聖經人物。

其實如果魚翅仍附在鯊魚身上，它們可以以自己的力量游到別國的海域裡；只有終將出現在陸地上的魚們才需要被帶上飛機，像是來自英國的沙甸魚木乃伊、香港的魚翅和韓國的魚仔餅。會不會有一天，世界各國也會像禁止沒有攜帶身體的象牙進出國境那樣、不再容許沒有攜帶鯊魚的魚翅乘坐飛機？只有大象和鯊魚知道自己喜歡遊覽怎麼樣的國家、和怎樣的人類在一起、吃怎麼樣的飛機餐；林葉吃著魚仔餅，數著那些本來只會出現在海底的鯊魚和海星和魷魚和雞泡魚，想著那些身體和頭殼裡並不如魚仔餅一樣空洞乾脆的鯊魚們，是否有掛念那些移民去了外國的魚翅們。

樂天熊膽餅

林葉喜歡解剖餅乾，好讓自己看清楚自己吃下去的東西是什麼：
每次拿到夾心餅時，他都得把兩片餅乾小心扭開（以免錯手捏
碎），看一看、舔一舔以確認那是熟悉的奶油或果醬夾心，才放
心把餅乾從新組合起來慢慢吃掉。因此他也喜歡吃可以逐層解
構的漢堡包形軟糖，因為它不像真正的漢堡包那般夾滿燙手並
難以整齊地分解的魚柳和沙律醬和生菜絲和半融化的芝士——
一切的餡料都化成工整、牢固、晶瑩的一片片軟糖，就算林葉不
是醫生或者廚師，都可以完美地把夾在橙色麵包軟糖和紅色肉
扒軟糖中間最美味的那片黃色芝士和綠色生菜軟糖取出食用，
無需動刀或全身麻醉。

天然的食物總比在工廠裡出生的工整食物凌亂無序，而且常常
需要吃藥才能維持健康或被好好切開。林葉在早會上看過動物
保護組織的人播放關於從被囚禁的活熊身上採集熊膽汁作藥材
的短片，那時他剛好有一點肚子痛、正坐在禮堂最後方按醫務室
老師的指示用手輕輕在沾了白花油的肚皮上打圈，細小滲涼的指
甲輕輕劃過溫軟而無骨頭保護的皮膚包裹著肌肉包裹著抽痛的

內臟——如果一點點或許變壞了的乳酪已經可以把林葉折磨得如同在肚子裡裝了攪拌機，那些肚子被割開以便加裝導管抽取膽汁的黑熊到底每天要吃多少麻醉藥或塗多少罐白花油才能忍痛活下去？吃這麼多藥才能生出的熊膽汁，如同林阿母告訴他不可以吃打過激素的雞頸、或養在抗生素裡的魚柳，大概都不會是什麼使人健康的食物吧，林葉想。

還好樂天小熊餅上印著的是虛構的樹熊而不是真實的黑熊，捏開時不會流血，也不會用使人不忍直視的小眼睛穿過狹小髒黑的牢籠看你。林葉只需要從閃亮乾淨的銀色包裝袋裡取出一顆一顆過著不同人生、做著各種有趣的事如演奏樂器或學習寫字的熊仔餅，把它仔細地用牙咬開，看見裡面光滑的空洞裝著小量凝固的朱古力或士多啤梨味奶油，便可以安心把它吃下。林葉不需要擔心樹熊的背上被機器刺洞注入奶油時會不會痛、住在廣闊的包裝盒裡會不會覺得擠、樹熊的內臟會不會因為林葉的食慾而被刺穿——這才是整齊而良善的食物，林葉想。

北極熊走冰

林阿母帶林葉去麥當勞時，林葉常常用一種從常常在麥當勞看報紙和睡覺的老伯伯身上學來的技巧多獲得一點可樂：林葉會請店員姐姐給他一杯「走冰」的可樂，然後再折返問她要一杯冰，當滿滿一杯沒有被冰佔去容量的可樂被林葉喝去一半，他就會把那小杯的冰倒進可樂裡等它漸漸融化。可樂慢慢的變多，林葉和林阿母一起坐在麥當勞裡靜靜相處的時間也會隨之延長。當然，精明的麥當勞叔叔把裝可樂的大杯和裝冰的小杯預設了劃一的容量，林葉怎麼再等，冰塊都會在林阿母的午飯時間結束前完全融掉。可是呢，在冰完全融掉、林阿母得回去高級超市值班以前，林阿母都是屬於林葉的，在中環的那唯一一間她可以買得起一份午餐的快餐店裡，他倆可以像坐在浮冰上般稍為偷閒。

林葉看著在可樂裡載浮載沉的冰塊，想著可樂公司贈品snow globe裡載浮載沉的片片雪花。雪景球裡大口大口把玻璃瓶裡的可樂倒進喉嚨的那隻北極熊，到底是男生還是女生？牠有兒女嗎？如果有，牠可以在冰天雪地的北極裡找到足夠養活自己和兒女的食物？林葉聽說在他從未去過的北極，冰層融化得比可

樂裡的冰更快，許多北極熊沒有足夠的浮冰作獵食的場地，無法存活；可是每次林葉看著那個永遠都在下雪的 snow globe，想像著遙遠得在他想像力盡頭的北極，實在不願意相信北極不再理所當然地恆久冰天雪地。北極、北極，那裡不會一直像snow globe一樣下自有永有的雪、自動把融掉的冰再修補起來嗎？

或許那個snow globe正正是全球暖化的證據：如果可以輕易地在唯一的原居地「搵到食」，北極熊又何必為可樂公司拍廣告、當代言人，或離鄉別井的到世界各地的動物園裡工作、忍受遠不及北極冰凍的氣候？有些生命需要極度的寒冷才能存活，比如林阿母公司裡的貴婦客人和必需放進冰箱的貴族蔬果；林阿母有時給林葉看她那雙紅腫的手，生於亞熱帶地區的她並沒有北極熊的厚毛或爪掌，單靠人造物料的手套和袖套等也不足以保護常常得接觸冰凍蔬果的指頭。所以林葉在和林阿母一起吃麥當勞時，他總會把許多的薯條分給林阿母：在林阿母必須回到那個冰天雪地的超市以前，至少林葉可以讓她身體裡有多點「熱氣」。

鹹水魚柳包

城市裡的水管們藏在地底和牆壁裡，關在裡面的水往往都只在爆水管時才會提醒眾人其實它和人們的距離並沒有想像中那麼遠、它的力量也不只被水龍頭和花灑閹割後般溫柔受控，如本來可以輕易殺人的獅子，只不過暫時被馴服在馬戲團裡。林阿母常常用各種恐怖的故事教林葉「欺山莫欺水」，誰在打風時被海浪捲到海裡、誰在河道裡玩耍時被忽然湧至的急流沖走，林葉知道如果他在山裡跌倒，至少土地還會堅實的把他托住──啊，除非從天上落下的大量雨水引發山泥傾瀉把誰沖下懸崖或掩埋在屋子或車子裡。水的力量果然是很恐怖的呢。

林葉知道海水也在他的起居生活不遠處：在城裡沖廁所用的水聽說是鹹水，有些消防水柱裡連接的也是鹹水，每次林葉看著馬桶裡那片細小而平靜的水面，都有點害怕終有一天那些海水會像叛變的侍從一樣自廁所湧出把林葉淹死。而被廁所和洗手盤和浴缸沖走的物事最終也會經過處理後排回大海，如果林葉不善待廁所裡的水，會不會就這樣觸怒了大海而使大浪湧到他的睡房裡？林葉知道他不可以把過期的藥丸丟到廁所裡沖走、因為

那樣將會等於強迫海裡的生命服藥，可是他那些美術課後必須倒掉的、泡滿顏料的洗筆水呢？他從蔬果上洗下來的泥土和農藥呢？他在洗澡時擦下的肥皂和「老泥」呢？他在生病時吐進廁所裡的嘔吐物呢？在海裡生活的魚兒們豈不是生活在被人類一直傾倒廢物的垃圾崗裡？

或許是因為如此，林葉常常喜歡吃魚柳包。那在水裡長大的魚兒被帶到陸地上，脫去了黏滑的皮膚和鱗片、離開了隨時可以殺人的環境，讓人們為它裹上乾粉炸至輕脆金黃如撲過爽身粉的皮膚，再安穩地包在柔軟溫熱的麵包和窸窸窣窣的包裝紙裡，像離開海底來到人間的人魚公主般乾爽而溫暖。如果有更多像他這樣愛吃魚柳包的人，大概就會有更多的魚被人從海裡救起，而人類也許會不再往魚兒生活的海裡倒那麼多顏料和肥皂，好讓大海不需引發聖經故事裡的大水把人類通通殺光，人和魚和海都可以和睦共處——所以吃魚柳包或許可以拯救人類呢，林葉邊抹去嘴角的他他醬邊想。

走地麥樂雞

林葉很喜歡「雞飛狗走」的戲劇化動感，可惜他常常無法把它用在作文裡：香港沒有太多可以自由走動的小狗，也沒有太多活雞，罕見得每逢農曆新年前夕、中秋節前夕等使香港人很想吃新鮮活雞的日子，電視台都會報導那些活雞因為罕有而將賣到多少錢一斤。而且林葉知道雞並不會飛，如果他亂用這種不貼近他在香港的生活的話語，一定會被老師扣分。

活在香港的林葉只在電視上看見過活著的雞。牠們被雞農或雞販關在小小的鐵籠裡，每逢過年過節便會被抓住雙腿、倒吊著抓起來給記者拍攝；而每逢禽流感的季節，穿著連身塑膠保護衣物、戴著手套頭套和口罩的人便會把雞抓起來，塞進巨大的黑色垃圾膠袋，讓記者拍攝。這些雞被抓起來後的命運都不一樣，前者會被燒熟成為節慶餐桌上的食物和紙盒裡的炸雞塊，後者會被銷毀，一直以來被當作未來食物的養育和準備便前功盡棄。

林葉在生病時常常躺在被窩裡，想著那些被塞進垃圾膠袋裡的雞。如果林葉因為流感而死去，他也會被放進那樣的垃圾膠袋

裡嗎？林阿母長久以來教林葉小心過馬路、在地鐵裡要讓座、大便後應該用多少格廁紙才不會使廁所淤塞、獲得別人幫忙要講「唔該」、把咳藥水喝完完全止咳以後才可以吃煎炸食物等的「家教」，也會前功盡棄嗎？林葉在出生後不久便開始學習的英文和作文和普通話和常識和體育和美術和宗教教育和數學和公民教育和快餐店餐桌禮儀，都是為了把林葉養育成一個可以考入大學、將來成為社會棟樑或有錢人的人，如果這一切都將因為林葉患了流感而變得徒勞無功，那麼林阿母可以拿裝著林葉屍體的垃圾膠袋到學校或教育局或麥當勞要求退還學費嗎？

還好大人們為了保護未來或許有用的小孩如林葉和未來或許很美味的活雞而廣泛使用流感疫苗。林葉並不怕打針，因為針只是打在相對厚肉的上臂：林阿母說雞的流感針打在脖子上，所以偶爾在吃白切雞時，林阿母都會提醒林葉不可以吃雞頸。如果林葉的流感針也打在最敏感最纖細的脖子上，那他應該會像得了流感的鼻子一樣痛得死去活來。為了成為美味的食物，活雞們都很勇敢、很努力呢——終於病好的林葉邊吃沒有脖子的麥樂雞、邊在週記功課裡如此寫道。

最誠實的蘋果

林葉很珍惜那顆華盛頓蘋果：一顆與誠實的華盛頓同名、亦產自美國華盛頓的蘋果，真誠地深紅、芬芳，不像總是帶著黃色條紋的加拿果、索然無味又蒼白暗啞的富士蘋果，或是根本不應冒認「蘋果」的青蘋果，明明又酸又硬又不是紅色的，完全沒有一項蘋果該有的特質卻到處招搖撞騙，和金奇異果一樣厚顏無恥。林葉把他的華盛頓蘋果捧在掌心，實在的，深紅的；他偷偷親了它一下，它是芳香的，溫和甜美，就像一個貨真價實的蘋果應有的樣子。真可愛。

而且那顆蘋果是老師送的，雖然林葉沒有很喜歡美術科的老師。那位老師似乎非常喜歡林葉，老是在上課時繞到他桌前來看他畫畫，每次都把他的畫拿去貼堂，害畫的四角都被刺出兩個小洞，而且拆下來以後畫紙總會變得皺皺的；林葉想叫老師不要再破壞他的畫了，可是在他開口以前，老師送了他一顆蘋果。

這個是你的，她說。

老師說聖誕假期後同學們都得繳交靜物素描的作業，為同一個水果以不同角度畫三幅畫；其他同學在討論畫香蕉比較容易還是士多啤梨還是火龍果的時候，老師送給林葉一顆蘋果。她說她要給他一點挑戰，因為他畫得比其他同學都要好；她說，蘋果從哪一面看起來都差不多，可是三幅畫都得呈現不一樣的蘋果喔。

林葉捧著那顆華盛頓蘋果，眼睛裡好像燃著了什麼，熾熱的，好勝的。

那實在是一道很難的題目，因為那是一顆幾乎完美的蘋果，五個圓鼓鼓的山頭，五個圓鼓鼓的腳尖，捧在手中，就像是捧著哪個偉人的牙齒或頭骨般，讓林葉不敢輕舉妄動。它的深紅均勻得像是泡過廣告彩，只露出像星光一樣的微小的粉紅色斑點；它自果樹上被運到林葉手中時沒有受過傷，大概是因為這是如此尊貴的一顆蘋果，所以把它捧在手裡的果販應該也是以捧住華盛頓的頭骨般的敬重來待它吧。

結果就是，那的確是一顆從哪一面看起來都差不多的蘋果。那林葉的作業該怎麼辦呢？他先試著用他最熟悉的油粉彩厚厚地塗出蘋果的側面，把蘋果表面的蠟反射的亮澤用黃色和白色塗出來，把映在蘋果皮上的、因聖誕節加班而沒有了林阿母的房子都塗出來。油粉彩的蘋果畫好時，天已經黑齊了；他怕林阿母回家時他還沒有睡醒的話，華盛頓可能會被林阿母割開來吃掉，所以他把華盛頓捧到枕頭邊，讓它伴著他和他的毛熊入睡。

在夢裡他和毛熊一起在一個裝滿華盛頓蘋果的波波池裡玩，他潛到蘋果堆裡面讓毛熊找不到他，結果毛熊張開不合比例的血盆大口把蘋果都吞下去，露出一隻慌張的林葉。毛熊舔著爪向他走近時他醒了，毛熊依然無辜地在他懷中，華盛頓亦仍在枕頭邊，散發著依舊溫和甜美的芳香，表皮反射著不知從哪裡來的陽光。林葉笑了。

之後，林葉試著把紅色的廣告彩用水稀釋，淺淺的一層一層把蘋果頂部的五個深紅色山頭織出；他選了中文課寫書法時用的毛筆而非又粗又硬的畫筆，因為蘋果是水潤的、溫柔的、閃著亮光

的，如果畫筆不夠柔軟，只會畫出一個又硬又老的蘋果，像是富士蘋果，或青蘋果。他在深色的地方多塗幾層，在反映著冰冷的氣溫和獨留家中的寧靜的地方少塗幾層，每塗好了一層都得先去看故事書、等顏料乾了再上色，這幅廣告彩蘋果讓他畫了兩天，畫好的時候，林葉都快看膩那個蘋果了。

他想不到該怎樣畫第三個蘋果，所以他讓華盛頓在枕頭邊休息一下，先把中文英文數學和常識的假期作業都做好再畫。他的中文不錯，所以中文功課只要一天就做完了；他的英文還好，所以英文功課做了兩天；他的數學不怎麼樣，所以數學功課花了三天才做好；到他終於把常識科的工作紙都填好了以後，聖誕節已經過去了，而林阿母的加班亦已經完結。她提著上司送的、也就是在節日後極度滯銷的、來自異鄉但從沒真正融入這城人的口味的聖誕布甸回家時，林葉正趴在飯桌上盯著一顆華盛頓蘋果皺眉。

林阿母看過林葉的畫後一直撫著他的頭稱讚他，她說他畫得真的很好，比兒童畫室外掛著的那些得付錢上課才畫得出來的水果畫都來得好看；林葉笑了，可是接著又皺了眉，因為他不知道

還能怎樣畫第三幅蘋果畫。

於是林阿母教他用木顏色筆畫側臥的蘋果：木顏色畫起來顏色
也是淡淡的，像稀釋了的廣告彩一樣輕透，卻比廣告彩多了一種
蠟的質感，林阿母說，只要把木顏色塗得夠厚，圖畫上就會出現
像蘋果皮上的蠟般的光澤。林葉的眼睛裡好像又燃起了什麼。
他開始耐心地塗著幾近透明的木顏色，一層一層的把滑膩的顏
色疊上去，一筆一筆的，把華盛頓蘋果上的色澤刻進去。畫過兩
次以後他對這顆蘋果實在太熟悉，而在林葉家住了十天的華盛
頓亦沒有絲毫的改變，一樣的實在、深紅、芬芳，他幾乎不必抬
起頭來也知道那是怎麼樣的深紅怎麼樣的芬芳，他一直專心地
畫著，一筆一筆的，直至畫紙上的蘋果皮閃出亮光，深紅如血。
歷時兩天。

到他的畫都交了出去、被老師讚美過再被鑲在畫框裡掛在走廊
裡以後，林葉才捨得把華盛頓吃掉。它再美麗再完美也始終是
一顆蘋果，而蘋果總不得不被人吃掉；於是華盛頓在林葉枕邊
睡過最後一夜後，他把它放在晚餐的桌上，待林阿母在飯後拿
刀子把它割開。林阿母舉刀時林葉捂住了臉，彷彿林阿母當時

要割開的是小雞的身體；咔沙一聲，蘋果一分為二，林葉自指縫中張開眼，竟看見華盛頓的體內枯乾變棕，完全不像平時的金黃多汁；他拿起蘋果咬下去，軟弱乏味，乾燥得像在吃電腦室的灰色地毯。

他頭也不回地把它丟進垃圾筒。第二天，林阿母買來了加拿果，他毫不猶疑地一口咬了下去。甜美的。

糖砂炒松鼠

林葉在香港沒有見過栗子樹，只在體育課的土風舞環節裡跳過栗樹舞。把頭髮剪得很短很短的體育老師說這是來自英國的土風舞，代表兒童安份有禮地牽著異性的手圍著長滿栗子的栗樹跳舞。林葉在木製的室內體育館地板上練習著踏跳步時想，這可能是象徵秋天英國的公園裡落了滿地長刺的栗子、要小心踮腳不要踩到；可是以前的教育家把這樣的課程引入並非隨處都有栗子樹的香港，到底有什麼用意？香港的栗子和英國的栗子不一樣，英國的長在樹上，香港的長在地下，所以才需要在香港的泥土上都加蓋水泥、瀝青和磚地，才能把栗子自松鼠的爪牙裡保護起來。松鼠擅長爬到比唐樓更高的木棉樹上把木棉花咬得七零八落，一眨眼就自林葉的注視下隱沒於樹葉和橫枝裡；如果香港的栗子也長在樹上，或許公園管理員也得把栗樹像動物園裡的猴子一樣用鐵籠關起來，才能保護栗子不被松鼠吃光呢。

林葉想像香港的栗子要被挖掘出土，需要很有力氣的地盤叔叔戴著手套和口罩和安全帽把鋪好的地面挖開、像取出礦石原石一樣把栗子連同黑砂粒一起取出，再交給管有流動炭爐的提煉

者在街角就地加熱攪拌，栗子大概就會因為跟常識科形容的蒸餾原理差不多的科學原因漸漸從砂粒中浮出，好讓戴著隔熱手套的工人用泥鏟將它們一一收集起來。這樣的提煉過程跟工廠一樣會產生煙霧，可是提煉栗子的煙裡有非常甜美的焦香，使林葉每次遇見街角的栗子廠都忍不住流口水。林阿母有一年秋天買過一包栗子給林葉吃，他本來害怕觸碰那從污穢黑實的砂粒裡挖出的果實，可是經過高溫消毒後栗子居然如此鬆軟香甜！或許就算是從髒泥裡取出的栗子，只要和金子一樣經過火爐的精煉也能變得閃亮而衛生，林葉邊剝栗子殼邊笑著。

而林葉從來沒有在挖掘和提煉栗子的礦場看過松鼠，或許是挖掘的噪音和提煉的熱力把牠們嚇跑了吧。就算是喜歡把果仁埋在地下或藏在樹洞裡的松鼠，也是無法用小爪穿透瀝青或抵受熱力把栗子偷走的。林葉踏著栗樹舞的踏跳步走在剛重新鋪好的路面上，想像被挖出來的栗子正如何被人類變成美味的食物、而松鼠怎樣在樹上嫉妒得咬牙切齒。

農場雞蛋仔

林葉喜歡數學課裡的幾何圖形課題，因為用圖形密鋪平面後那毫無空隙的模樣，比街上的地磚或得分時的俄羅斯方塊佈陣或密集的高樓大廈更工整。比起自然生成的那些依各自的弧度彎彎曲曲的芽菜、三尖八角的青椒和形狀任性的薯仔，可以完美地排在一起的等邊三角形和正方形和六角形表現了發明數學的人腦比設計薯仔的大自然更加精準。林阿母工作的高級超市裡有一種連蜂窩一起販售的蜜糖，林葉每次去超市找林阿母簽手冊時都會仔細觀察蜂窩裡的六角形，以提醒自己因為土地比人類所能完全控制的空間更為龐大，在空間有限的環境裡，小小的人類和小小的蜜蜂比設計芽菜的廣闊大地更需要減少空隙以增加生產糧食的效率。地球始終很大，而林葉始終很小。

這並不是只有林葉和蜜蜂知道的道理。香港自古以來都有一種像蜜蜂一樣勤勞的人，駕著像蜜蜂一樣擅長飛行的小車在街上擺賣，有的賣內衣和襪子，有的賣熟食，風輕輕的一吹，他們就遷徙到無人知曉的縫隙裡。為了方便飛行，他們的小車必須減輕重量和體積，同時在上面以最有效率的方式置滿最多的商品。林

葉不只一次在巧遇這些蜜蜂人時看見他們小車上的雞蛋仔：這些雞蛋仔和林葉在凍肉鋪看見的紙盒裝雞蛋不一樣，每一顆都比較小，而且幾十個雞蛋以和蛋殼一樣的物料連在一起，連厚厚的包裝盒都省去了。

林葉當然明白這不是真的雞蛋。這是蜜蜂人們發明的一種蛋糕，用來表達一種母雞沒有想到過的設計巧思。試想像一種不會輕易在雞籠或貨車或貨架上翻滾的雞蛋，不需要數算和包裝的工序，因為一底雞蛋仔自生產完成已是方便疊放的六角型，到需要時才逐隻剝開：如果母雞們能生出如此方便販售的雞蛋，農夫和像林阿母這樣的超級市場工人不就省去了許多時間、工夫和因為無法密鋪平面的球體而失去的空間？可惜母雞始終不像人類或蜜蜂一樣聰明，沒有學過數學，也不知道城市裡的空間如此珍貴，於是牠們始終下著很不方便儲存的獨立雞蛋。而更聰明的蜜蜂人呢，則把他們像達文西一樣創新的設計用蛋糕製成模型，在街上向人和飛鳥們宣傳，或許幾百年後，母雞們終會進化出懂得幾何原理的新品種。

黑蟻砵仔糕

林葉的惡夢又再成真了。他學期初在美勞堂上用通心粉造的拼貼畫得了高分，被老師裝裱在厚厚的紙板上掛於樓梯邊貼堂；聖誕假後回到學校，老師把林葉叫到課室外說，拼貼畫上的通心粉引來了無數穀牛，已不再適合保留。林葉那天哭得需要林阿母來校接他早退回家，美術科老師和班主任對他們一直道歉，卻不知道林葉哭的原因並非畫作無可避免的腐壞，而是他想起了死因相近的那些紅豆。

有一年的常識科暑期功課是用棉花種豆，老師給每個同學派了一個裝有紅豆、綠豆、蠶豆和棉花的材料包，讓他們試著把豆子種在不同的環境裡，觀察豆子在欠缺水份或陽光時會長成什麼模樣。那年夏天林阿母在高級超市裡日以繼夜的加班，忙著把肥碩的名貴荔枝逐顆修剪果蒂、清潔外皮、像雞蛋一樣裝進設有整齊坑洞的膠盒、再逐粒貼上金色的裝飾貼紙，完全沒有時間指導林葉開始實驗。於是，她無法及時提醒林葉，從砵仔糕和紅豆冰裡面取出的紅豆，雖然可以證明經過加熱和冷凍的豆子已經無法培育至發芽，可是在把它們好好清洗過之前就和一般的紅豆一起種在窗台的濕棉花盤裡，實在並非明智之事。

在貨倉裡通宵包裝的林阿母收到林葉的電話時才知道外面已經天亮了。她的主管讓她調班趕回家裡，只看見穿著睡衣的林葉泡在注滿水的小浴缸裡、連指頭都浸到起皺，不住地哭泣、發抖。林阿母想把他從浴缸裡抱起來，他卻哭鬧著怎麼都不願起來直到林阿母幫他把窗台上的慘劇處理掉——林阿母走到廚房裡，只見曾經泡在砵仔糕和紅豆冰裡的那些紅豆上蓋著滿滿的一層小黑蟻，一直蠕動著把粉糯的豆肉拆下、排隊運送到牆角裡沒入暗黑的細縫。而老師派發的乾淨新鮮紅豆剛被濕棉花浸透、沒有引起黑蟻的注意，在清晨的陽光下飽滿閃亮。

那個夏天，林阿母在廚房裡放了六個蟻餌才把小黑蟻們完全消滅。林葉在隔絕黑蟻的浴缸裡泡出了感冒，就算林阿母把長相不佳所以報銷的高級荔枝帶回家都無法享受。那份暑期作業卻因為這場有創意的災難而得了全級第一名，像這次的通心粉拼貼畫一樣——我還是不要考全級第一名了，不然黑蟻們會爬到我考第一的頭上，林葉認真地說。林阿母哭笑不得地看著她可愛的傻仔。

生存費

（一）　　**免費的水**

（林葉在炎熱的下午走在街上，發現水壺裡的水已經喝光了。他
覺得口渴。）

林葉不喜歡要用錢買的水。在便利店裡買一瓶五百毫升的礦物
質水的價錢，夠林葉吃三個麥記雪糕了。吃雪糕要付錢這一點林
葉不會抱怨，因為牛奶需要有人養牛、擠奶、冷藏加工才能成為
軟雪糕，可是水又不是樽裝水公司「生產」的，「生產」水的是地
球啊，地球又沒有向人類要錢，樽裝水公司在販賣的其實是膠樽
和運輸而已啊（廣告不是說有些樽裝水根本沒有煮過嗎？）。

唉。沒辦法。這城實在太小，既沒有大型淡水河道也沒有足夠的
土地去建水塘，即使這城的雨量大得使天文台不時發出暴雨警告
讓大家回家躲雨，這城的人還是得向附近的江河買淡水，才能讓
這城的每個人都不口渴、不必像麻雀一樣用沙子洗身體、四季都
有游泳池開放。雖然大家都得付錢把水引到城內和家裡就是了。

林葉的零用錢不多，願意花在樽裝水之上的金額更少；如果城內有更多免費的飲用水水源就好了，林葉想。他知道他可以從學校和市政大廈運動場的飲水器取水，可是他可以進入的學校只有一間，區內的市政大廈也只有一座，當他不在這兩個地方，他的水壺往往會變得和喉嚨一樣乾。

城市本身的新陳代謝也會產生水、在街上形成小小的散落的水源，林葉在街上走著，總會遇上幾片濕潤的地面暗示著水源的位置；可是那些水大概和人的汗差不多，都是不能喝的廢水。有時候那片水窪標示的是上方騎樓一處沒人維修的滲水，有時是一部日久失修的冷氣機或一條漏水的喉管，它們努力地把水灑到街上，讓口渴的路人知道哪裡有免費的水，可是它們又怎會知道，自己根本不能被人喝下？樓宇和街道本身就骯髒得不能容納赤裸的食水，偶爾會有流浪貓到幾個比較乾淨的泉裡舐兩口，可是林葉不曾見過有人收集這些水來喝。林阿母說過連鳥都不吃的果子絕對不可以吃，因此林葉也沒有打它的主意，只任由冷氣機繼續滴著髒水、自以為幫助了路人而感到滿足，哪管愛乾淨的

路人們其實一直在閃躲水窪，生怕水滴落在身上會害他們生出可怕的病來。

（林葉走進超級市場，從貨架上取下一瓶樽裝水。）算吧。至少冷氣機們養活了路邊石縫裡的青苔和小紫花。在這城中不必付錢喝水的，大概就只有植物們和自由的動物們吧。當人類真可憐呢。

(二)　　**免費的光**

（林葉打開信箱，裡面有一封電燈公司發給林阿母的信。林葉皺眉。）

光應該免費，林葉想。那明明是城中每個人都需要的，怎麼電燈公司老是要發帳單給林阿母向她要錢呢？是要以壟斷城中主流的能源來要脅大家、強迫所有人為了換取必需的電力而工作賺錢嗎？哼。真小器。太陽也不會跑來向林阿母要錢啊。

從街邊橫額裡跑出來的區議員們也是一樣，老是在街上派發免費的揮春、嘉年華會入場券和傳單，卻不會派一點免費的光給居

民。比如說，蠟燭啊，或者是電筒和電池啊，要是誰家的父親失業了、交不了電費，大家至少還能分享儲在電筒和電池裡的一點點光啊。去年母親節，林葉就送了一支強光電筒和一排電池給林阿母；林阿母接過了，笑著摸摸林葉的頭，稱讚他是個懂事的好孩子。你看。林葉比那些區議員叔叔們還要懂事吧。

林葉知道林阿母賺錢很辛苦，因此很討厭那些向她要錢的事物，也會盡他所能節省開支——他還不會賺錢，可是他會盡量利用免費的東西，以減少需要付錢的物資份量。比如說，他會盡量利用每天限量供應的日光，早睡早起，就著陽光把功課做完、把課文背好、出去公園看花玩球並趕在天黑以前回家，也不會像同學那樣白天睡覺晚上熬夜，還自以為像個大人般「通頂」是一件值得炫耀的事情。入黑以後他會盡量少開燈，就算是林阿母當夜更、只剩他和嘰嘰怪叫的四腳蛇同睡的晚上，他也不願開著檯燈睡覺——當然要先利用城中一切免費的光啊，林葉想。

睡房對面大廈的後樓梯從來不會關燈，於是林葉入夜後拉開窗簾，就有了一道由被光管照亮的窗戶排成的夜光虛線；那邊的白光穿過窗戶跑進林葉的房間裡，隱隱照出書架和雜物的輪廓，黑

夜就這樣被稀釋了，變成不怎麼可怕的深藍色、跟暖暖的羊毛冷衫一樣，林葉就不會作惡夢了。也不會覺得孤獨，因為窗外的城市裡總會有喜歡「通頂」的人（電燈公司一定很喜歡他們），總有窗戶會徹夜亮著燈，陪著馬路和天橋上的街燈一起把微弱的黃光和林葉分享。

還有同樣永遠不會熄滅的、別人家的神檯紅燈、茶餐廳的藍綠霓虹光管招牌、紅色或青色的便利店燈箱、偶爾閃現的警車藍燈，還有那些在夜裡總是隱隱透著橙色光的雲，以及附近地盤裡慷慨長開的強力射燈。林葉的夜晚總不是絕對的黑暗，即使他不必花費一分一毫也有各種免費的光線來陪他入睡，他只要拉開厚厚的窗簾，就成了。與之相比，花錢開一盞白光慳電膽檯燈，也實在太單調了吧？也太多餘了吧？

（林葉把帳單放在飯桌上，用厚重的杯子壓著。）哼。要付錢買的光，有什麼了不起。

(三) **免費的火**

（林葉開動浴室裡的煤氣爐，爐具的小窗口裡燃起了藍色的火焰；他連忙扭開花灑，想儘快洗完澡、把煤氣爐關掉。）

如果可以用太陽能來燒水洗澡就好了，林葉想，反正正午的太陽本來就強得能把水管裡的水燒熱；只可惜每晚洗澡時，那天的陽光總已快要用光，而水管裡的水也早已回復清涼，不得不花錢用熱水爐燒水。總不能為了省錢而像靜香一樣在下午洗澡吧。他還得出外看花、玩球、盪鞦韆啊，趁當日的免費陽光還未用完。

不過，是誰決定全城的人都得以煤氣作燒水、煮飯的燃料呢？是沒有煙囪的房屋設計嗎？還是滿佈煤氣喉管的城市？林葉真的不介意在下午去公園玩時順便帶些樹枝和枯葉回家燒火啊——不過林阿母說過不可以一個人在家裡點火，而且樓上還住了好多好多位鄰居，林葉是個好孩子，只好一直使用安全無煙的煤氣。

所以，林葉只曾在室外見過城裡的其他燃料燃燒起來，像是木炭、紙錢、煙草和郊野公園；似乎只要是在戶外，各種莫名其妙

的東西也可以著火，像是要向霸道的煤氣示威似的。連街邊的垃圾筒不時突然冒煙，路人們也早已見怪不怪，沒有誰會特地駐足細看、也沒有人會報警請消防員到場，到濃煙嗆鼻得難受時，自然會有人拿半瓶樽裝水或半杯喝餘的台式紅茶去把火淋熄。

你看。火也有免費的啊，林葉想。連路人燃盡了的煙頭和骯髒的紙巾紙杯聚集起來也可以起火，怎麼這城的人會甘於乖乖付錢給煤氣公司而不去尋找其他更便宜有趣的燃料？火也不過是由物理原理產生的，而誰也無法抗逆的物理也不曾要求任何報酬；火之所以要人用錢買，也不過是因為人們把地球提供的燃料統統當作商品來標價吧。

（林葉關掉水龍頭、再關掉煤氣爐。）當城市裡的人真可憐，連晚上喝杯熱水都要付錢給至少三間不同的公司。明明人類生存的必需品，本來都是免費的啊。

下輩子還是當深山裡的一隻鳥好了，林葉想。

家長日

星巴克墓園

林葉很喜歡到山上那座墓園坐著看鳥。墓園裡有間會打折的星巴克咖啡店（林葉自知是個窮孩子、買不起星巴克裡最便宜的鬆餅，但窮孩子總是最能注意到哪間店裡有折扣的啊），林葉只要站在雪櫃前、盯著那些豪華豐厚的三文治，總能引來某個外國人給他買一份──林葉看著他們手中超大杯的咖啡，心想，他們的先人一定也是胃口特大的外國人沒錯。

林葉的阿公阿婆也是葬於這山上，不過是在墓園範圍以外、連正式的路都沒有的地方。而且沒有墓碑。林葉記得每次上山掃墓，林阿母都會帶他穿過墓園，從山坡上方的門出去，走進真正的山裡：那裡沒有賣供品的咖啡店，也沒有拜祭先人的外國人或年輕的守墓人，只有愈走愈茂密的樹叢、愈來愈容易把人絆倒的土地，和被林阿母當作路標的丫烏婆，像鬼魂一樣（林葉想丫烏婆應該不是鬼吧，雖然他沒有問過。專抓不孝順的孩子的應該算是神，某種低級但始終有用的神。）坐在最大的那棵老樹上，緊緊盯著林葉。

然後林葉會跌倒、擦傷膝蓋，然後林阿母會找到她去年來掃墓時

綁在樹上的布條，然後她會心急地愈走愈快，然後她也會跌倒。
在到達那片秘密的墓地以前，山裡的土地都是凹凸不平的，沒有政
府平整的水泥路，也沒有大量的路人來把泥路踏平——來這山上
拜祭的人們似乎都不會走相同的路，生怕有人會順著他們踩出的
山路找到他們偷葬先人的地方、向政府告發，然後政府會來把整
片墓地翻起，將泥層堆到垃圾堆填區去。這些年來林葉不曾見過
有人跟他和林阿母一起上山：一踏進山裡就只剩下他們兩人，林
葉一直害怕要是丫烏婆向他撲過來，林阿母將不夠力氣把祂趕走，
然後林阿母就得獨自走這可怕的山路來拜祭他和阿公阿婆。

快要到達墓地時，樹木會變得疏落，陽光穿過漸漸稀疏的樹葉，
照見林葉膝蓋上新鮮的痂。所謂的墓地其實就是一大片草地，
四周圍繞著密密麻麻的樹，如果有哪個有錢人駕著直升機飛過，
大概會以為那片山坡患了「鬼剃頭」——其實那片無樹的地上長
滿了葉邊鋒利如劍的草，連指頭和膝蓋都能輕易割破；小樹苗
要是能長得比那些有半個林葉般高的草更高，風一吹，樹苗也會
被草尖斬斷吧，林葉想。

林葉並不討厭會割人的草：要不是這些尖草逼開亂樹，這山裡也不會有空地來埋葬阿公阿婆的骨灰。林葉知道自己連墓園裡的三文治也買不起，自然也沒錢買下墓園裡珍稀的土地來安置阿公阿婆。然而阿公阿婆總是得要埋葬的；難得在山上的墓園以外還有一片空地，林葉想，這也總比要把骨灰撒進海裡好，至少他和林阿母不必盯著海灘上數之不盡的沙粒，不知道該對哪一顆沙叩頭或是嚎哭。

雖然偷偷葬在草地裡，也不見得容易找到叩頭的方向。到達墓地後林葉和林阿母就得趴在地上爬行，摸索那些藏在草下、鑲在泥土裡的細滑石塊，才能找到林阿母在埋了阿公阿婆骨灰的地方放的那一對石卵。石卵只比林葉的手掌大一點點，為免被外人發現，連阿公阿婆的名字也不敢刻上去；其他人的葬處也是沒有墓碑，只有一塊光滑的石塊壓在埋著骨灰的位置，必需靠石頭上自然生成的紋理來辨認這是不是自己先人的葬處。要是真的有外人來到墓地、把草都燒光，他大概只會看見散落一地的石卵，有些三五成群、有些一雙一對，誰也不會看出這裡其實是許多窮人的墓地，除了帶著兩臂被草割傷的血痕及滿褲管泥巴下山的林葉和林阿母。

林葉本來以為墓園裡的守墓人會對他身上的泥巴和傷痕起疑心，可是林阿母每次都等天黑齊了才下山，那時守墓人們都躲進墓園的房子裡了，林葉和林阿母也就不曾被人查問過。而且，林葉後來發現守墓人們根本不在乎他和林阿母，或是其他擅自來到墓園裡的人。林葉不時來墓園裡坐著看鳥，那些年輕的守墓人們都不曾停下來看他，除了幾個以為林葉迷了路的女孩，說要帶他找媽媽；林葉說他肚子餓了，想吃三文治，女孩們就去給他買了一份豪華豐厚的星巴克三文治。林葉禮貌地道謝後跟女孩們道別，她們便為自己做了件好事而滿足地笑，林葉則為得到了奢侈的三文治滿足地笑。然後走開。

林葉不曾在墓園裡迷路，面對用於建築比恐龍還大的墓碑的各種磚頭或水泥，他比那些女孩們更要熟悉那是誰的墓，甚至不必抬起頭來查看外牆上閃亮顯眼的刻字。林葉特別喜歡坐在邵家的紅磚墓群中、能俯瞰荷花池的長木椅上，因為那裡有陽光，也有麻雀；林葉一咬下厚實的三文治外層的麥包，穀粒和麵包碎就奢侈地掉下，反射著陽光，像河裡的金沙。穀物著地之後，麻雀就來了，彷彿是林葉在池邊撒下種子，種出一隻隻圓滾滾的鳥來。牠們似乎是沒供品可吃的一群，不像山上的烏鴉；上山掃墓的人就算再窮，總

是會在墓地留下點叉燒包或鬆糕、甚至半塊帶骨的燒肉，但在這豪華的墓園裡，賣三文治、蛋糕和咖啡等昂貴供品的店都在鳥無法進入的室內，亦沒有人會把如此高貴的供品隨便留在露天的地方。

於是這裡的麻雀比山上的烏鴉卑微多了。林葉坐的長木椅下面是粗糙的磚地，麻雀們總是要在磚地的縫隙裡啄吃麵包碎，幼細的頸項急促伸縮、小腦瓜一頓一頓的，光是看著也覺得很累。林葉看著牠們的嘴巴被磚地磨得閃閃發亮，害怕牠們終有一天會把嘴巴磨出血來；山上的烏鴉才沒有這麼可憐，牠們都站在丫烏婆的頭肩上，盯著趴在地上找石卵的林葉的後頸，不時怪叫一聲或突然起飛，把他嚇得半死。而且誰都不敢不給牠們留下點供品——墓地裡沒有守墓人，要是掃墓者被烏鴉襲擊，只有丫烏婆才會知道。

林葉不介意吃本應是供品的三文治：他和林阿母總會在掃墓後分吃拜祭用的鬆糕，因為供品也是食物，自然是不可以浪費的，不然丫烏婆也會來抓他。而且那些被當作供品的三文治都是如此的美味、豐盛、奢華：林葉每次吃完一份星巴克三文治，都忍不住要把手指舔乾淨，彷彿隨便洗去了指尖上殘留的鮮味也是一種浪費。

年輕的守墓人似乎也常以供品充飢：林葉不只一次看見眼神空洞的男生弓著背呆坐在邵家墓群的長木椅上，下顎機械式地咀嚼，寬闊拇指沒力捏緊手中的麥包三文治，沾滿果醬的麥粒便如頭皮屑般撒落在磚地上，然後是火雞片，然後是整塊的蕃茄。麻雀們跳近啄吃地上的食物殘渣，男生繼續咬動下顎，林葉慢慢從他身邊挪開，生怕丫烏婆來抓那浪費食物的男生時，袖闊大的黑翅膀會把旁邊瘦小的林葉打倒。

雖然，守墓人們把過多的供品吃掉，也算是為了不浪費食物吧。而且守墓人的工作似乎跟掃街人的工作一樣卑微：年輕的守墓人們身上的汗衫常印著他們需守的墓的名字、不時要和跟他守同一個墓的人一起對守其他墓的人吶喊挑釁，還得每天來回大小不同的墓前，把各人的墓當作自己的路標和起居的場所。三餐還得吃供品呢。林葉常看著那些面容憔悴的年輕人嚼著星巴克三文治，無法伸直的頸項慢慢伸縮、頭顱一頓一頓的，像他們腳下的麻雀一樣，彷彿終有一天嘴角會流出血來、染濕他們正在咀嚼的三文治，他們卻疲倦得無法吃出可疑的腥味，腳下的麻雀為逃避血的腥臭紛紛飛走也不曾使他們疑惑過。

林葉有想過要問他們為什麼要當守墓人，可是他知道這是一個不該被提起的問題。他記得有次他到林阿母工作的高級超級市場時，一個西裝筆挺、長得像薯片筒上的 Mr. Pringles 的叔叔在問林阿母為什麼她長得如此漂亮還得當售貨員：林阿母皺起眉來，假裝沒聽見，Mr. Pringles卻說他不介意她家窮，害林阿母的眉愈來愈皺。於是林葉生氣了。他跑過去、用力一跳，準確地降落在 Mr. Pringles 光鮮的黑皮鞋上。要是這些守墓人們生氣了、要踩林葉的腳，他大概就無法再走路了——上次的那個叔叔如此高大也得一拐一拐地走開，林葉只有 Mr. Pringles 三份一的高度，被踩中以後大概就得爬著離開邵家的墓群、爬下孫中山的梯階，穿過鈕魯詩的墓下，才能坐梁銶琚樓的升降機到有巴士通行的馬路上坐車回家吧。

要爬這麼遠，手會很痛呢。

於是林葉保持沉默。面對跟自己的母親一樣貧窮的人，還是把難唸的經留給對方、也把自家的那本藏起來吧，林阿母對他說過。又有誰想在年輕力壯時每天守著那些富有得不可思議的人的墓呢。被葬在這墓園裡的人富貴得能在自己還未死時就先給自己

建起墓碑、僱來守墓人，甚至把先人葬在自家的墓園以後，再把他們的名字葬在這富人專屬的墓園裡——而林葉的阿公阿婆，仍躺在那片沒有墓碑或道路的草地裡，只有被風吹動的尖草和不懷好意的烏鴉陪著他們。

陽光打在林葉的腿上，照得他膝上被草割傷的血痕癢癢的。墓園裡的名字紀錄了這城裡最最富有的人是誰，最富有的可以把名字葬在講堂裡、最最富有的可以葬在守墓人住宿的房子裡或是比恐龍更高的大樓裡，而最最最富有的人可以把名字葬在學院的名字裡。林葉還是個小學生，還有好幾十年的時間讓他變得富有；他的短褲褲袋裡空空如也、只有些許火雞三文治的氣味，但也許，也許，也許只要他努力讀書，他也可以成為一個富人，一個像何東叔叔或是徐展堂伯伯或是陸佑先生一樣有錢的人吧？

於是林葉決定了，他一定要考上大學，為了能在好多好多年以後、林阿母死掉之後，給她立一個比恐龍更大的墓碑。

一言為定。

新會柑皮草

秋天的時候，林葉常常在街上看見一串又一串的果皮和人皮掛在曬得著太陽的地方，隨著的士和小巴駛過時引起的氣流輕輕搖晃。林葉看見過街市水果檔裡的老闆娘熟練地把果皮剝除：從大紙箱裡取出新會柑、翻轉，用薄薄的水果刀在底部輕盈但確鑿地劃一個很大的十字，然後掀起十字中心被割破的角落，把果皮像三片百合花瓣般完整地自果肉剝離。工整如《忍者亂太郎》裡的飛鏢的果皮會被置於另一個紙皮箱裡，等老闆娘小心地在其中一瓣上穿洞、串成如賀年風車或聖誕掛飾般的長條，用曬晾衣服用的長丫杈把它們一串一串的掛在水果檔的騎樓下或路邊的欄杆上。而果肉呢，則被隨手擲於別的箱子裡等待前往附近的垃圾收集站，連水果檔那最愛玩球的三色貓也不願意靠近。

果皮總是或橙或綠的，人皮卻有許多種不同的顏色，粉紅色的棉被、紫色碎花的睡衣、灰呢絨校服褲和藍色旗袍、或紅或黃的快餐店制服掛在或明或暗的窗前，暗示著通常裝在衣服和房子裡面的那些身體在過著怎樣的生活。相比之下，色彩相對統一的果皮顯得無趣而死板：畢竟果皮自新會柑那通常酸得無法下嚥的

多汁果肉上剝下後只能一路步向老化、變成深褐色的陳皮，像化石一樣愈古老愈名貴。人皮呢，則能多次剝下、貼上，如同磁石一樣。而且不同樣式的人皮憑著穿在裡面的身體，便能得到前所未有的生命力、走到更多不同的地方。

林葉在新年前後和林阿母一起在中環看見的那些被有錢太太穿著的貂鼠皮草，大概就是這麼樣的一種人皮。貂鼠這種懂得自己生產衣服的生物如果在香港這種又濕又熱的亞熱帶土生土長，一定不會設計出這種一年大概只有幾天合時宜的衣服——就算是林葉校服裡的夾棉外套，也只有在一年裡那十來天天氣溫低於十二度的日子可以穿著。這些貂鼠如帶刺的芒草種子般披附在有錢太太的肩上，從寒冷的遠方旅行到和暖的香港來了。那些自新會入口的柑子也是因為美味的皮才能來到這城，只是邀請它們來訪的人都只是想剝掉它們的皮來為自己的肩頭或肚皮保暖。失去外衣的果肉和貂鼠會著涼嗎？林葉邊把林阿母煮的陳皮紅豆沙吹涼邊想。

傑克的瓜子

農曆新年總是一年裡最多華而不實的物事的日子，滿街無法食用的年桔、極速凋萎但從不結果的水仙花、用大量食油炸的空心大煎堆和難吃得如啡色蠟筆的朱古力金幣。最使林葉無法理解的是，大包大包炒熟了的瓜子和浪費彩色玻璃紙包裝的鳥結糖一起放在海味鋪裡：海味鋪是販賣各種魔藥材料的地方，像是治理濕疹的海馬、讓白飯變美味的臘腸和讓林阿母呼吸順暢的蔘茶，而瓜子本來就是可以生養眾多的種子，如傑克的魔豆一樣一夜長成可以餵飽村莊或登天致富的豆其。

春天明明是植物、昆蟲和利是繁殖的季節，所以人們才會確保在農曆新年交到孩童手上的利是都如登上挪亞方舟的動物一樣都成雙成對，好使放在利是封裡的新鈔票都能生養眾多。林葉常常在到姨姨家拜年時看著那盤或紅或黑的瓜子，每一顆本來可以長成一塊豐收的瓜子田、填滿糧倉的貨物和一間放滿年貨的海味鋪，可是那樣的未來在瓜子被炒熟殺死後將永遠無法到達。姨姨們在吵鬧而高音的對話間不斷把瓜子豎在門牙之間咬開，吃掉裡面的果仁，然後像炫耀似地把瓜子殼堆在桌上，宣告著自

己吃掉了多少奢侈的可能性。林葉總坐得遠遠的，握著姨姨們交給他的利是，把燙在紙上的金粉都磨到指頭上。他每年都會把利是們一對一對的疊起、放在月餅盒裡，在合上盒蓋前默唸自己創作的咒語和禱文，可是到了冬天得為林阿母準備生日禮物的時候，利是封裡的錢還是沒有繁殖變多。那也是理所當然的：鈔票又不是種子。瓜子才是。

為什麼因為是春天，大人們便要把那麼多本來可以繁殖成滿地植物的種子烘熟殺死、放在華而不實的全盒裡逐粒慢慢的剝殼吃掉？瓜子那樣細小的身體裡只有大約三份一的體積是可以吃下的果仁，有些瓜子的殼甚至堅固得連瓜子鉗也無法攻破：花上那麼多的時間和工夫只是為了吃到比林葉的指甲還細小的一點果仁，實在是太不符合經濟效益了。唯一讓林葉感到安慰的是，就算是林阿母服務的那些又怕髒又怕煩的高貴顧客也未有要求店員幫忙把瓜子先剝殼再包裝出售：每一年新年林葉都為此感謝那些或許存在、但林葉從未見過的諸神保佑。

陪跑白兔糖

林阿母常常得提醒林葉哪些植物只是用來伴碟、不一定把它吃下，比如在吃越南湯河時送來的青檸和芫茜、蒸魚時搭配的蔥段和薑絲、放在朱古力蛋糕上的那一小片薄荷葉等。林阿母知道林葉是個不喜歡浪費食物的好孩子，就算是去麥當勞也總喜歡把汽水和冰都全部喝光才滿意，可是在食物世界裡的確有許多材料都不是為了本體被吃下而添加的，像是滷水汁裡的花椒和八角、青紅蘿蔔湯裡的豬骨和茶壺裡的茶葉。林葉不甘心地皺眉。

生而為人，的確是無法完全不浪費任何地球資源地活下去。作為高級超市的蔬菜包裝員，林阿母早早就接受了自己的工作毫不環保這一特性。雖然節儉踏實的林阿母總只會買一般的裸體瓜果，她還是得每天回到超級市場的後台把一箱箱的薯仔逐一用保鮮紙包起來，閃亮光潔像裝在醫生手套裡的恐龍蛋。她也在各個貨架上見過更多包裝精密的食物，像是以價值上千元的實木小提琴盒包裝的歐洲原隻火腿，比海味鋪的金華火腿王或昂貴的日本雞蛋更講究運送和保存安全；或是以機械玩具作包裝盒的外國硬糖、預先剝皮再裝進膠盒裡的橙肉，多層人造包裝幾乎比

食物本體更大更值錢，而且無謂。

超級市場的保鮮紙、紙皮箱和花紙等包裝物的用量非常驚人，不過有些消耗總是必要之惡。林阿母生下林葉時也曾為了產房裡消耗的大量醫生手套和消毒紗布而感到不好意思，但同時她也為了這些物料佈下的無菌結界感到心安；林葉嬰兒期時她努力清洗尿布和抹布以減少使用即棄尿片及濕紙巾、卻無法擺脫每天都得在超市裡使用大量無法重用的包裝物料的自責，可是這既然是林阿母唯一擅長而且人工不錯的工作，她也就只能不去想太多地每天把幾大卷工業用保鮮紙裹在離開店面後即會被剝光的蔬果上，並從後門把廢棄的紙皮箱交給拾荒的老婆婆作某種贖罪。因此林阿母和林葉一樣相當喜歡白兔糖：這是唯一一種可以把包裝紙吃掉的糖果，如果不去考慮外面的那層不能吃的白色蠟紙、它便彷彿什麼也沒有浪費過。在這以各種包裝物裝潢起來的人間，大概就只有白兔糖的米紙可以使林阿母得到心靈上的救贖。

閒人

林葉是個很「得閒」的孩子，而林阿母是一個很「唔得閒」的母親。林葉只有林阿母而沒有林阿爸，所以林阿母主外也同時主內，把做家務和睡覺以外的時間都賣了給僱用她的高級超級市場，日以繼夜地把新鮮蔬果都用保鮮紙逐一包好，讓既主內亦主外因此忙得實在沒有時間在觸碰蔬果後洗手的主婦們以高貴的價格買走。而林葉的生活只有上學和放學，實在是「得閒」太多了；因此林阿母帶他到公共圖書館裡去，說，以後你一個人在家裡覺得悶，就到這裡來看書吧。林葉點點頭。

（林葉只有林阿母，沒有林阿爸。不是失去了，而是沒有，像是林葉沒有翅膀，沒有工人姐姐，也沒有林阿爸。他知道要生出一個孩子來的確需要一個男人和一個女人，就算是耶穌也得有一個男人和一個女人一同在馬廄裡迎接才能降生；林葉亦知道世界並不是在他出生以後才開始存在，在那之前，應該是有一個叫林阿爸的人，可是林葉把自己只過了一點點的人生倒敘到盡頭仍是看不見林阿爸，因此林葉只有林阿母，沒有林阿爸。）

他知道圖書館就是太「得閒」的人的聚集處，因為真正忙碌的人都不在圖書館裡。至少像林阿母這麼忙碌的人就不在圖書館裡了，她的那些高貴主婦顧客們也不在圖書館裡；其他忙著推動社會運作的年輕男人和女人們都不在，要是他們都在的話，或許地球就得停下來等候了。當然也不是每一個「得閒」的人都會聚集到圖書館來：比如說，「得閒」的中學生們都聚集到補習社和圖書館樓上的自修室去了，「得閒」的大學生則聚集到廣場和商場裡去；「得閒」的老人會分別聚集到有刻著象棋棋盤的桌子的公園裡、小小的窗戶外晾著幾十條毛巾的老人院裡和長者圖書館裡，因此圖書館只是政府先生建起來收納「得閒」的人的其中一個地點而已。

（不，真的，那對林葉來說實在是不要緊的事情，反正不只是他一個人沒有翅膀、工人姐姐或父親：在學校門外、興趣班課室外和公共圖書館裡，陪著或等著沒有翅膀的孩子們的都只有母親而沒有父親，所以就算林葉只有林阿母而沒有林阿爸，也好像沒有欠缺了什麼。他不曾想過如果現在的他有一個林阿爸會怎樣，反正他只

要有林阿母就足夠了。可是就是因為沒有林阿爸，所以林阿母才得出賣自己的時間；因此林葉總是會想，那不必再出賣時間去養活林葉和林阿母的林阿爸，會把多出來的時間拿去做什麼？）

可是那樣已經足夠了。政府先生似乎也是個喜歡童話故事的人，因為圖書館也像Goldilocks的小熊屋般，分成了兒童圖書館、成人圖書館和長者圖書館，任何年齡的閒人都可以被收納進去；而那似乎是相當成功的策略，至少長者們的確都黏在長者圖書館裡了。在圖書館開門以前總有一群老人們守在門前，等門一打開就快步走進長者圖書館裡，取下用長木棒夾起來的報紙再快步走向書桌前坐下、靜止、不發一言，直至閉館都像坐在蒼蠅黏膠上一樣，除非要和別的老者交換報紙，決不隨便離開座位。

靜止得像架上的書脊。林葉站在長者圖書館外的時候，總覺得長者們都好乖，好安靜，如果他們的班主任有看到的話，應該會讚他們吧。

（林阿爸應該在外面某處，很悠閒地過活吧。）

可是這些長者們是從哪裡來的呢？他們應該都有各自的家吧；那他們的家裡，也像林葉的家一樣，常常只有他們一個人嗎？林葉常常溜進長者圖書館裡盯著身邊垂著頭讀報的老人們，看著他們臉上輕微的或深刻的皺眉，總覺得他們都是誰人的父親，臉上皺皺的像是被誰褪下來的毛衣，彷彿還有物主的氣味和體溫，似有還無。相比之下林葉是新鮮的，還沒有牽過女生的手、生過孩子或死過孩子，臉頰依然光滑，像尚未氧化生鏽的蘋果片一樣鮮嫩。

（不，真的，林葉沒有刻意在找他的父親，因為他知道在圖書館裡他只會找到書，而不會找到一個跟他長得很像、會遠遠看著他然後流淚或是跑過來跟他相認的林阿爸。他不是失去了，而是沒有父親，一直都沒有。他真的只是想知道，不在他的故事裡的林阿爸現在在做什麼呢？他會像其他的老人一樣，到長者圖書館裡坐一整天嗎？還是他會待在只有他的家裡每天都午睡、看電視、喝汽水？）

不過林葉在自己身上，也嗅到了和那些長者們一樣的味道。那是像雨季時牆壁和棉被的氣味，靜止，鬱悶，微弱但確鑿。他不知道那是什麼味道，可是每次他在書上讀到他不懂的而林阿母應

該會懂的字詞時，他會在抬起頭尋找林阿母和想起自己不會找得到林阿母之間，嗅見這樣的氣味，自書頁上，肩膀上，胸膛上散發。圖書館依然很靜、沒有人在看著林葉；他只能再次垂下頭來，輕輕的皺眉，像長者們一樣，散發著一樣的氣味。

（還是他正和另一個林阿母在一起？）

哦。原來他們都是被遺留下來的人啊，林葉想。既然政府先生把圖書館設計成收納閒人的房子，會聚集到這裡來的人自然就是被那些有比看書或照顧閒人更重要的事要做的別人丟到這裡來的啊。像是沒有空娛樂小孩子的母親會把他們丟在兒童圖書館裡，讓他們學習閉嘴；沒有空做家務的丈夫們會把妻子們丟到成人圖書館裡，讓她們學習造糕點或織毛衣；沒有空陪年老父親的孩子們，則會把他們丟到長者圖書館裡，自報刊上學習憤怒或悲傷。只有無人理會的閒人才會被收納在這裡啊。

不，真的，林葉真的不會責怪林阿母，畢竟林葉真的喜歡看書，而林阿母的時間又實在不得不賣掉換錢。林阿母的忙碌已經讓林葉好幾天沒有見過林阿母的臉，他只能憑飯桌上用保鮮紙包

好的飯菜、窗外仍微濕的衣服和垃圾筒裡新鮮的垃圾袋來記認林阿母在他熟睡時回過家來又離家工作了；林葉知道林阿母也是個喜歡看書的人，他也知道林阿母喜歡他，可是，他身上還是會有長者圖書館的氣味，不是因為他在那裡待了太久，而是，他也確實是個被收納在圖書館裡的閒人啊。

而他也的確覺得孤獨。

（林葉不知道林阿爸現在正在做什麼，或是林阿爸是個怎麼樣的人，住在哪裡，喜不喜歡童話故事或不是每次默書都拿一百分的林葉。不管把生命倒敘幾次林葉還是沒有辦法記起一張臉孔或一句話來，而林阿母亦似乎很討厭關於林阿爸的話題，從來不會明確地談及；他只希望讓林阿爸離開他和林阿母的故事的，都是些非常重要的事情，重要得像是讓林阿母把手藝和時間都賣出去、蜘蛛爸爸讓蜘蛛媽媽把他吃掉好讓她能生下小蜘蛛之類的原因，不然，不然，不然，林葉會哭的。一定會。）

（所以，不要讓我在圖書館裡看見林阿爸，林葉默禱。）

林葉知道林阿母讓他去圖書館裡消耗時間，是因為她以為林葉混在其他的讀者之間就不會覺得孤獨。可是那裡是只會讓閒人們交叉感染的圖書館啊。不過林葉還是會去的，因為林阿母喜歡他多看書；他還是會坐在長者圖書館裡看書，因為那裡比兒童圖書館安靜多了。不，真的，他沒事，反正他知道家裡有林阿母在就夠了。

那樣就夠了。

紙皮長城

林葉沒有坐過飛機，也沒有去過那道從太空其實看不見的萬里長城，可是他去過在中環定期建起的紙皮長城的另一邊。林葉不常看見紙皮長城，因為他不常於星期日踏足中環的天橋和巴士總站；林阿母在高級超市包裝蔬菜的工作並不輕鬆，而星期日往往是貴婦們有空帶她們的孩子到超市挑選外國蘑菇和進口糖果的時候，於是在林阿母和孩子的母親們都聚集在超市裡的星期日，工人的孩子如林葉和孩子的工人如瑪利亞都變得孤獨而空閒。林葉和瑪利亞們唯一一次見面那天就是這麼的一個星期日。

那天林葉找不著林阿母——別的蔬菜包裝員說她跟隨經理到九龍的分店裡辦事、不知道什麼時候才會回來，可是待簽的通告明天就要交了，林葉像隻落單的小鴨般垂著頭走向天橋，不知道要等到何時林阿母才會回到中環。超市裡沒有林葉可以容身的地方、商場裡芳香而衣著光鮮的人們和林葉擦肩，他們就是林阿母如此忙碌的原因——為什麼中環就是這麼一個不許孩子找到母親的繁忙地段呢，林葉沮喪地想。而當他抬起頭來，天橋已經不是他在平日看見的模樣：天橋由中間的柱子一分為二如蛇的脊骨，貼近建築物那

邊仍是流暢地遊走的西裝人和西人遊客，而貼近馬路的一邊卻以紙皮整齊地鋪好了地板、建起了半個身軀高的圍牆連綿幾百米像一格格的礦工小列車，盛載著一個又一個膚色和語言和氣味都和林葉不一樣的瑪利亞們，邊飛快而流利地大聲談笑邊以英語叫西人遊客不准對她們拍照，恰若林葉自同學口中聽來的海關大堂般保安嚴密——然後，其中一位瑪利亞向林葉招了招手。

林葉用他在課堂和圖書館學來的英文聽懂了瑪利亞的請求：進入她和其他幾位瑪利亞同坐的紙皮城鎮裡，和她們一起坐一陣子。林葉知道這城裡的人常常對陌生的孩子提出各種友善或不友善的請求，比如有祖母曾在商場裡詢問林葉的歲數然後請他把背脊借給她量度要買給孫子的童裝尺寸，有祖父曾在玩具反斗城裡拿著林阿母買不起的各種玩具問林葉他的孫子會比較喜歡超人還是火車，也有穿乾濕褸的叔叔在公園裡詢問林葉的歲數然後說「叔叔請你食糖糖」。而林葉知道瑪利亞們的要求是友善的，因為其中一位躺臥在地上的瑪利亞正在哭泣——壞人是不會流淚的，林葉如此相信。於是林葉坐下。

原來紙皮比林葉想像中的更要溫暖一些，脫了鞋子的腳掌按在上

面，一下子就習慣了。他知道瑪利亞們都是從別的國家來的家庭傭工，是林葉土生土長的這座城的外來者。他聽說只有這城裡富有的人才能租一個瑪利亞、代理買菜煮飯洗衫打掃帶狗或老人或孩子散步等等的各種家事；而作為報酬，她們可以寄居在傭主那只有富人家中才有的半個多餘的房間裡，也可以在星期日走到這城的核心來，以紙皮建起只許她國同胞進入的臨時城鎮。可是這樣的城鎮、或林葉的城鎮，都不許瑪利亞的兒子進入——林葉用他在明珠台和 Radio 3 學來的英文聽懂了。所以，在哭泣的瑪利亞旁邊的瑪利亞們說，小少爺（little sir），可以請您陪伴一下我們這位沉浸在鄉愁和對兒子的思念裡的姊妹嗎？她的兒子和您年齡相若。

這次林葉用他的胸口聽懂了。林葉坐到哭泣著的瑪利亞身邊，拿出書包裡的顏色筆和拍紙簿，靜靜地開始畫著林阿母和林阿母身邊的各種蔬菜和保鮮紙和貨架和購物籃；流淚的瑪利亞在他身邊吸索著鼻子，沒有說話。用紙皮建起的圍牆給細小的林葉擋去了橫過天橋的風，卻困起了一種陌生而溫熱的聲音，聲音快速因為瑪利亞們的城無法永久存在，卻又溫熱因為只有在這道長城以內她們才可以以熟悉的語言對話，那對林葉來說是外語的母語。小少爺，您在畫著什麼呢，其中一位瑪利亞說。這是我的

母親，林葉說。妳們也是母親吧，我看見在這裡聚集的都是和我母親年齡相若的女子，這是我城的異國母親寄存處嗎？林葉問。瑪利亞們笑了起來，響亮，卻又不完全開朗。

哭泣的瑪利亞坐了起來。我的兒子和您差不多大了吧，可是我已經三年沒見過他了，她說。我很想念他、但無法把他帶到這城或把自己寄回他身邊因為我要服侍主人的兒子，我該怎麼辦呢，小少爺，她說。林葉歪著頭想了一想：我和我媽媽也不常見面呢。不過我身邊沒有像妳的朋友一樣處境的姨姨們可以陪我、或是和我一起建築一座溫暖的紙皮小屋，所以當我想念林阿母，我都只有自己一個呢，林葉說。在這個不屬於我的中環裡。

瑪利亞們聽了，就發出一種像林葉看見小貓或小熊貓時的感歎聲；她們開始從別的紙皮小屋處取來香氣濃郁奇異的醬汁和炒麵，還有林葉未見過的糖果和飲料鋪在他面前。瑪利亞們飛快地說，對啊小少爺說得對，至少妳還有我們，還有這裡，還有每個星期一次的約會，在這裡的時候我們和在家鄉時也差不多吧——哭泣的瑪利亞開始笑了，並接下瑪利亞遞來的油餅。她從口袋裡取出一個相架，裡面的年輕瑪利亞抱著一個比林葉小很

多的小孩：這是我的兒子，小少爺，她說。林葉也笑了笑。

長城外流竄的人們有時駐足、推著裝著嬰兒或小狗的手推車，可是沒有誰像林葉般被邀請進來。林葉好像聽到了瑪利亞們唱著的異國童謠，不過他無法證實：他醒來時天已黑齊，而終於下班的林阿母正坐在那座紙皮房子裡，笑咪咪地守著他的圖畫和瑪利亞留給他的一份炒飯。天橋上的長城已經整齊地拆去、只剩下林葉身處的這間，風裡已經沒有了瑪利亞們的聲音和氣味，乾淨得彷彿那壯闊的紙皮長城只是海市蜃樓。

往後林葉也就再沒有見過那天的瑪利亞們，大概是回到了真正的家鄉或僱主的家裡吧。他在孤獨時到圖書館讀過各種圍牆和護城河的歷史，那些實質的界線要隔絕的或許是城東和城西的人民、城外的匈奴或資本主義、殖民地內的生活方式與城外的偷渡客；而能穿越界線進來或出去的，都是獲得權貴或罪犯准許的幸運少數，當這些權貴或罪犯覆亡，通行的資格亦往往隨之動盪。當瑪利亞們不再回到那天的那片紙皮上，林葉也就無法再進入那樣的國境；平日的中環天橋仍然廣闊而大風，流通著芳香而衣著光鮮的人們那和瑪利亞們和林阿母都不一樣的聲音。

情人西蘭花

西蘭花的花語是什麼,是蒜蓉嗎。椰菜花的花語是伴菜嗎。韭菜花呢,南瓜花呢,金銀花呢。林阿母工作的高級超級市場是許多情侶喜歡來散步的地方,彷彿只要一起在墨綠色的貨架之間推著優雅輕盈的小推車看過來自以色列的羅勒葉和來自日本的士多啤梨,祝福便會從天花板的冷氣口流瀉到他們頭上、使他們長久相守。林阿母明白那是一種貼近日常生活的浪漫,就算小男友們給他們的小女友們送上了一年一度的昂貴紅玫瑰花束和朱古力禮盒,另外三百六十四日還是得腳踏實地的、吃著炒菜心那樣平凡的家常菜式過活。

番紅花的花語是不是西班牙菜?大紅花的花語是不是浪漫茶座?在中環或尖沙咀或九龍塘的酒店吃過大餐、渡過情人節後,情侶們還是不得不回到各自放滿宜家家具的小家裡。因此他們在平日到超級市場或宜家傢俬裡約會,還是比較貼近現實:終有一天他們會搬進只屬於二人的小房子裡,帶著一起從超級市場買來的家庭裝雪糕和廁紙回去、一起煮著兩人份的牛肉火鍋或分吃著壽司拼盤,他們大概是這樣想的。可是對於生過孩子、

離開過孩子生父的林阿母來說，超級市場和家具賣場都太整齊光鮮，排除了許多的吵架、拉扯、心碎和心軟，像是從花田裡剪來的鮮花，看不見其實一定存在的泥濘和擠迫。可是沒有對未來的美好願望，又有誰會願意冒險和別人戀愛、結婚、懷孕生子？林阿母常駐的超市貨庫總比賣場燈火通明，有時太清醒的話反而沒有勇氣步向未來──在一盒盒情人節朱古力上貼上卡通心心貼紙的時候，林阿母是這樣想的。明明心臟的形狀才沒那麼簡單。

菊花的花語是清熱嗎？水仙的花語是點心紙嗎？桂花的花語是大菜糕還是酒釀丸子？情人節後的假日裡林阿母坐在紛雜吵鬧的茶樓裡看著獨生兒子那細緻澄明如細白麵粉的臉頰，想著當天晚上要為林葉準備什麼晚餐、雪櫃裡的牛奶還剩下多少、他的頭髮是不是又悄悄地長得需要修剪了。林阿母知道對林葉來說，五花茶的花語是學校的秋季燒烤旅行，也知道他覺得茉莉花茶聞起來總像裡面藏了許多小蜜蜂的白花叢；林阿母知道這些就夠了，有沒有在情人節收到玫瑰花，也就不再重要了。

單親無花果

八卦消息像廢氣一樣襲來，讓聽見的每一個都驚訝得捂著口鼻屏息：負責歐洲火腿和香腸櫃台的陳小姐懷孕了，負責加拿大海鮮櫃位、最擅長包裝活龍蝦的李師傅立刻辭職消失，連當月的人工都不要了。陳小姐仍然每天準時上班、仍然穿戴好全套的乾淨制服，可是她臉上的妝容明顯地雅淡了許多，也沒有了上睫毛膏那樣細緻的心思。超級市場裡的每一位職員都忍不住把眼光垂落到她那藏在圍裙後的腰肢，明明還是纖細得無法看得出什麼來，可是他們都彷彿可以把她的皮肉透視至內臟和細胞。林阿母從她當值的土耳其乾果促銷攤位看著冷冷清清的凍肉櫃，認出了陳小姐下垂的眉頭裡藏著什麼。

無花果因為沒有可見的花卻能生出果子來，所以誰也看不見它的樹葉、根莖，只看見那彷彿憑空冒現的果子。林阿母知道超市的同事們都在想什麼：陳小姐再也不是一個熟悉各種火腿來源地和味道和配什麼芝士紅酒餅乾最好吃的專業女子，而是一組附在裝有胚胎的子宮之上的四肢和面孔，欠缺了像花一樣美麗的一隻婚戒、一場婚禮、一個配有丈夫的名份。未婚生子的聖母至少

也有一個未婚夫吧。林阿母也有過被這樣的目光打量的日子：林葉的生父在她懷孕時便離開了林阿母，由得她一個人挺著像熟透的無花果般豐碩的大肚子來回獨居的小房子和婦產科，讓每一名孕婦和護士和醫生和師奶看見她身邊並沒有陪伴的丈夫。可是林阿母還不是撐過來了，林葉還不是健康正直地慢慢成長。就算沒有了林阿父，她和林葉還是可以好好地過活的。

就算是聖母也會因為懷孕而感到害怕吧。林阿母和陳小姐並不特別親近，也不好意思直說什麼；於是她讓當天下午來找林阿母簽手冊的林葉把一小包土耳其無花果乾拿去給因為沒什麼顧客而發著呆的陳小姐。我媽媽說無花果可以幫助消化，林葉說，她說她懷著我的時候一但拉不出便便就會吃無花果乾。超市裡的職員都喜歡林葉和林阿母，也知道林葉沒有林阿父；負責美國西梅汁促銷攤的黃太也搭嘴說是啊是啊西梅汁都得㗎我陀仔果陣都飲好多喇，然後偷偷給她倒了一杯。陳小姐聽著林葉說出「便便」時忍不住笑了。她也會沒事的，林阿母看著她和林葉想。

蓮藕母與子

就算林葉再懂事，他還是會發孩子脾氣的。而林阿母再溫柔也
是得嚴肅起來管教孩子的。林阿母有時會想，或許為人母者都無
法完全了解自己孩子的心情和想法，畢竟她和林葉以那麼不同的
人物設定在不同的人生階段裡活著，每一天都是一場獨自面對
世界的探險——可是，又有哪個孩子會因為家裡出現了簷蛇而對
自己的母親大發脾氣？林阿母不是簷蛇俠，總無法控制牠們的行
動，而簷蛇又是益蟲，實在沒有把牠們趕走或是殺滅的理由。

林葉也知道他只是因為被從天而降的簷蛇嚇到，才會如此無理取
鬧。電視綜藝節目主持人拿膠甲由和膠蜘蛛嚇女明星時，她們也
常常邊尖叫邊生氣地追打放聲大笑的主持人，恐懼和怒火一同出
現從來都是常態。我們家裡怎麼會有簷蛇，妳怎麼連這樣的事都
不知道都不防備我最討厭妳了，林葉好像這麼說了。你不喜歡這
個家就自己搬出去，林阿母好像這樣說了。林葉把自己捲在被窩
裡，只留下一個小洞把臉朝牆角露出確保自己可以呼吸：他其實
知道自己沒有別的地方可以去，只有林阿母給他洗淨的被窩可以
躲藏。林阿母也知道自己好像說了相當過份的氣話，畢竟她是無

論如何都不會捨得把林葉趕出家門的。不過怒氣面前就算是神之子耶穌也會在神殿裡翻檯罵人，已經說了出口的話就算立刻回收道歉，還是會有些看不見的細絲黏在皮膚上，輕輕的發癢。

林葉醒來的時候天已經黑齊，而林阿母也快煮完晚飯。他生著氣入睡後夢見自己進入了電視劇裡的神話世界，演哪吒的演員拿著一個用蓮藕做的人偶說他要把這個娃娃變成林葉的模樣，使林阿母上當，那麼他就可以把林葉送去給白骨精吃掉而不被林阿母發現。林葉朝哪吒衝過去想要打他一拳，卻被忽然變大的蓮藕人壓倒在地──林葉嚇得從床上跳起來，踢掉被子衝去廚房抱著林阿母大哭。林阿母說好啦好啦我不會不要你的我不會被蓮藕人騙倒的，你看我已經把蓮藕人捉住了放在雪櫃明天煮湯給你喝，快點去洗手裝飯吧傻瓜。林葉和林阿母也知道，他們無論如何也不會真的討厭彼此，也總如有如蓮藕絲的牽絆把他們綁在一起：不過第二天林葉還是搬了椅子坐在雪櫃前，邊做功課邊看守著蓮藕人、不讓它出來，直到林阿母回家把湯煮好，他才放心下來 。

林木

(一)　　落地生根

放學時林葉常常在校門外看見一些飛天嬰兒，裝在揹帶裡扒在母親的胸前，像總在樹上生活的樹熊一樣腳不著地。林葉不趕著回家做功課的話，便會站在學校門口一陣子，看著飛天嬰兒們緩緩揮著如吹漲了氣的洗碗手套般腫脹的小手、踢著像白雲鳳爪一樣飽滿的肥腿，在空中垂直游著蛙泳。而揹帶讓母親們長出多四隻手、像八爪魚一樣把嬰兒牢牢地綁在身上，嬰兒像街市鐵籠裡的田雞般把習慣屈曲的腿盡力往下伸長、試著踢到一米以外的地面，細小腳趾因為用力而撐緊，從來沒有一個嬰兒成功游離緊綁的揹帶或觸及地面。好啦好啦，咪亂郁啦，那些母親垂下頭來，溫柔地對伏在她們胸前的嬰兒們說。她們似乎還沒準備好讓懷裡的孩子們穿上林葉腳上的小黑皮鞋、獨自步行上學：街上除了車子、甲由和狗糞外，還有許多拐子佬的啊。

—— 下次不要再忘記帶手機上街了好不好，以為林葉被人拐走了的林阿母哭著說。

——好，獨自跑去超級市場找林阿母的林葉也哭著說。

嬰兒們並不會因為母親的話而停止扭動，但母親們也不會因為孩子的扭動而放開揹帶、讓他們飄走。那些林葉在操場旁邊找到的蒲公英也是這樣，有時候不管他怎麼再用力吹都無法把那些連在絨毛上的種子送到別的地方繁殖，即使它們在林葉的氣息下一直用力抖動、扯緊。也許蒲公英們和母親們一樣都未準備好讓孩子獨自在新的土地上落地生根、自力更生吧，它們都那麼年輕：要是它們落到不友善的土地上、還未發芽就被飛來的鳥吃掉了怎麼辦？就算是忙於工作、無法每天接送林葉上學的林阿母，也會確保林葉有一座裝滿糧食的房子可以寄居、總在櫥櫃裡存有一些備用的罐頭和麵條，直到林葉長大、拿到成人身份證、甚至大學畢業後，才讓他自己一個在這個對落單的兒童和種子不特別友善的世界裡找尋安身立命的地方吧。

——如果我升中學之後成績沒有現在這麼好，你會不會不要我了，第一次默書不合格的林葉哭著對林阿母說。

——當然不會啊，如果我不要你，又有誰會和我一起吃完一個大西瓜呢？林阿母把林葉抽泣著的頭輕輕抱在肚子前。

當林葉不得不做他最討厭的中文科毛筆字功課時，他都寧願像袋鼠寶寶一樣躲在林阿母懷裡，不願用很難洗掉的墨汁抄什麼上大人孔乙己。有些植物也像林阿母和袋鼠媽媽一樣，發展成「胎生」植物，比如街頭的子寶草和紅樹林裡的水筆仔都會讓它們的種子在自己身上發芽、長成幼苗，待幼苗有足夠的重量才跌下、離開母體，隨著紅樹林的潮漲和潮退或地心吸力飄浮，一著地就能扎根。那次林葉和全班同學一起去參觀濕地公園時，看到滿地的水筆仔像一幢幢矮小的丁屋一樣筆直地插在泥地裡，便很羨慕筆狀胎生幼苗可以長到那麼大才離開母親、而且一落地就能找到安居樂業的地方。如果林阿母也是一株水筆仔，如果林葉從未見過、也不知道是誰的林阿父其實是一個新界原居民，那林葉就可以像一個水筆仔男丁一樣，只要長大成人就可以享有在紅樹林建丁屋安居的權利。

——到我老了你會不會不要我了，在看電視人壽保險廣告的林阿母忽然開口。

——當然不會啊，到時輪到我把你放在嬰兒車上推來推去玩了，林葉邊剝著甜柑邊說。

而且它們都如此用力的保護自己後代的生存機會。林葉穿著小雨鞋踏在紅樹林那片濕潤的泥地，仍然翠綠的年輕水筆仔掛在矮樹上，像清脆的豆角一樣看起來一折就會斷，林葉輕輕的拉了一拉，才發現原來矮樹把水筆仔抓得相當緊，看來不到成熟都不會放手。附近那些已經離開母親的水筆仔都長得很高、幾乎有一盤大年桔那麼高，而且都長得很粗壯，皮膚變成像地盤工人的強壯棕色，林葉輕輕的推一推它們，就立刻感覺到它們在泥土下長滿了結實的根，就算打風下雨也大概無法動搖它們。

——你第日大個會唔會變肥仔㗎，看著林葉愉快地吃完一包大薯條的林阿母笑說。
——我第日大個會唔會高過你㗎，佻皮的林葉邊抹嘴邊說。

紅樹林的濕地上也有很多長得歪歪斜斜的大樹，看起來像公園裡那些脾氣很不好的老伯伯一樣，固執而且嚇人。它們應該在紅樹林很多年了，樹根像公園裡那些佔著石桌下象棋的老伯伯手背

的血管，盤纏在它們的地盤之上，不可動搖。它們大概也把不少的水筆仔送到別的地方落地生根、變成別的紅樹林。也是的，它們是植物界的貴族，生下來的地方總成為自然保護區、有政府保護，不致使土地被人破壞作己用，如同那些原居民男子的丁權一樣寫於法律裡，不可動搖，它們便可以安心地生養眾多、讓水筆仔四散。

——如果我在打雷的時候洗澡，雷電會不會穿過水管然後害我觸電的啊，那個八號風球的晚上林葉問放風球假的林阿母。
——當然不會啦，只要我們留在房子裡，一切都很安全，正在為林葉煮熱雞湯的林阿母說。

啊，不過如果有一個原居民男子想要在紅樹林建起他兒子的丁屋，到底有權在那片土地上生活的是早已落地生根的紅樹，還是懂得使用電鋸和律師的男丁？林葉和同學們一起坐在旅遊巴上離開紅樹林，一路數著沿路上有幾個地盤在把馬路和土地翻開，而路邊的樹一直繼續努力生長、開花：這種為了保護後代生存空間的地盤爭奪戰，似乎一直都在進行呢。

在放晴的假日，林葉最喜歡和林阿母一起坐電車去金鐘玩了。動植物公園幾乎是個免費的陸上版海洋公園，不用支付超貴的門票錢就能看見各種珍稀動物如巨龜、大猩猩、浣熊和紅鶴，附近的香港公園有刺激的噴水池涼亭、超長滑梯和沙池，不用付國際學校學費也可以和許多說著不同國家語言的小孩一起在公園裡追看水池裡的錦鯉或空中的肥皂泡。金鐘還真是個對小孩子非常慷慨的地方呢。

於是林葉和林阿母在太古廣場外的電車站下車、穿過連接電車站的天橋和坐落在山腳的商場，找到那通往英國文化協會的登山扶手電梯，便能到達山坡中段的香港公園入口。金鐘幾乎像一條趴在山坡上一睡不起的壁虎，穩固而悠長地背著兩個公園、古老的大樓如各國領事館和舊港督府、神聖的聖約翰座堂和神秘的梅夫人婦女會、滿有活力的室內運動場和聖約瑟書院。就算有誰在山腳近高等法院、政府總部和海岸的地方一腳踩在壁虎的尾巴上，這隻壁虎不會竄進山腰裡的登山纜車站裡、帶著牠背上的一切沿纜車路軌一路溜到太平山頂，而是靜靜的任由動植

物和建築物長在牠的骨骼之上。林葉牽著林阿母的手、走在香港公園裡時，總感覺到腳下的道路是堅實的，地面之下藏著的各種老樹根或連接領事館的水管電纜，都使上方的公園和樹木牢牢站穩。

這兩個公園之間有一條長長的紅棉路，把位於山腰的香港公園連接到山坡上方的動植物公園。那裡也有許多堅實的東西：幾乎比紅綿路對面的美國領事館更高的眾多木棉樹，以及讓確定彼此相愛的人註冊結婚的婚姻註冊處。林阿母帶著林葉走過那些裝飾滿花兒的結婚花車、伴娘伴郎和新娘們，唇膏紅得像木棉花、婚紗白得像棉絮，她們看起來都如此堅定地相信自己和新婚丈夫的愛情將會永久如聖約翰座堂的永久地權。林葉很喜歡看這種熱鬧的聚會，每個人都笑得像考到全科一百分還吃到了最美味的自助餐還將能渡個長達三年的暑假還得了一隻最大最柔軟最香噴噴的巨型毛熊——林葉還不知道女朋友或妻子或結婚是什麼，但他聽說過「洞房花燭夜」是人生其中一個最快樂的時刻，所以他想那應該就是像所有世上美好的事結合在一起的感覺了。

林阿母卻不怎麼喜歡在香港公園看見婚姻的慶典，因為她其實從來沒有穿著婚紗走過紅棉路。她和林葉的父親訂婚後，她和他的另一位未婚妻同時懷孕了。那麼你愛的其實是誰，林阿母在哭鬧過後問他。你為什麼沒耐性、非要迫我這麼快下決定呢，他說。難道我不可以等妳們的胎兒長大到看得出誰會生出兒子才決定要迎娶誰嗎，他說。如果誰的胎兒是女孩的話就去墮胎、好讓我的第一個孩子是個可以繼後的長子不好嗎，他說。林阿母和當時還未知道性別的林葉一樣固執，根本不可能容許男人拿她肚中的孩子當作另一匹可供押注、滿足他個人自私興趣的賽馬。如果你現在不選擇我，那即是你選擇永遠放棄我和這個孩子——林阿母把他從她父母留給她的小房子裡趕了出去，一個人挺著肚子上班、買菜、學習分娩時要用的呼吸方式，小心翼翼地把肚子裡載著自己基因的胚胎慢慢養大，一個人進產房抓著不認識的護士的手把小小的孩子生下來。她早就知道它將是個男孩，但她早已決定退賽、不再在乎自己和那另一個女子之間誰勝誰負了。她會自己一個把他養大，如同所有雌雄異株的植物一樣自給自足——林阿母躺在產房裡抱著不住嚎哭的孩子，決定讓他跟從母姓，把他命名為林葉。

林葉此時正蹲著撿拾掉落在紅棉路上的木棉蒴果殼和棉花，打算把棉花捏成小小的白兔、讓牠們坐在像小舟一樣細長的乾硬蒴果殼上，於香港公園裡的錦鯉池上「放生」。林阿母還沒告訴過林葉為什麼他不像其他眾多的同學一樣有一個爸爸和一個媽媽，她知道非常喜愛林阿母的林葉知道了後將會對拋棄了她的父親一直懷恨在心。你爸爸到了別的地方生活、不會回來了，林阿母這樣對他解釋時並不算在說謊。到林葉長大了、進入青春期、明白了男生和女生交往和結婚的各種可能性時，林阿母才打算用他父親的真相教育他不可以隨便讓女孩懷孕、不可以要求女孩墮胎、也不可以對自己的下一代重男輕女。可是現在還是太早了——林葉還在相信月亮上和木棉蒴果裡有兔子的人生階段啊，林阿母想。就讓這些難嚥的事情暫時藏在我的肚子裡好了。

在世上的幾十億人裡找到一個可以與之結婚的人固然難能可貴，可是由一個活人的肚子裡生下一個健全可愛的孩子、把他養育成人，才是最難得的奇跡。拿著捧花的新娘們扯著巨大而沉重的白紗裙在花園裡被鏡頭追趕著，林阿母則和林葉一起蹲在地上、眼光追趕著白色的棉絮。他看世上一切物事的眼光都如此純潔、富想像力，真是個獨一無二的孩子。公園裡的公廁在哪裡呢，她想，待會要記得帶他去洗手才好。擁有林葉是很幸福的

事，絕對比擁有那個一腳踏兩船的男人作丈夫更好——在得知未婚夫一腳踏兩船時，她也不是沒有過「要是我沒懷孕就好了」的念頭，可是每次她看到林葉閃亮的眼眸，她便為自己被賜予這麼珍貴的小生命而非常自豪。海洋公園裡的大熊貓們就算再想生孩子也無法生得下什麼來呢。

後來那個男人有來找過林阿母。原來他的另一個未婚妻懷上的果然是個女孩：那你的呢，他問，然後他就吃了林阿母一記響亮的耳光。你當我們是生仔機器嗎，她說。男人都是這樣輕看子宮和繁殖權的嗎，林阿母實在不明白。林葉啊，你知道嗎，這些棉絮可是木棉樹用來保護種子以及未來後裔的呢，林阿母翻出棉絮裡的細黑種子給林葉看。林葉驚喜地把種子揀出來：它們可以當兔子的眼睛，或是牠們帶在船上吃的飯糰呢，他說。你記得之前我們做常識科的剪報作業時，讀到過那些因為怕木棉的棉絮引起人們鼻敏感而希望為木棉樹絕育的黃大仙區議員們嗎？林阿母問。絕育即是讓木棉樹不再生產棉絮嗎，林葉反問。也許不只棉絮呢，林阿母說，也許也沒有了種子、蒴果、木棉花呢。那即是沒有了兔子、小舟和飯糰了嗎，林葉說。也沒有新的木棉樹了呢，林阿母說。

林葉抬起頭來，看著比他高許多許多的木棉樹襯在很高很高的天空前，忽然覺得自己好小好小。他知道香港還有很多其他花樹，像是洋紫荊、雞蛋花、茉莉花、杜鵑花等，它們也很美麗，但他最喜歡的還是木棉花。也有人想要為這裡的木棉樹絕育嗎？林葉問。不會的，木棉樹是紅棉路的原居民、像新界的原居民一樣定義了他們各自身處的地方，不會有人敢亂動這裡的木棉樹的，林阿母說。林葉為這裡的美麗花樹鬆了一口氣：它們生在這裡真幸福，要是它們還是藏在棉絮裡的棉籽時不小心飄落在不喜歡花樹的人的房子旁邊，大概就會被要求絕育、不能再生孩子了呢。林葉知道自己年紀還小、還不會不小心打個噴嚏就生出一堆花粉或一堆小林葉，可是要是有人忽然跑來說要給他絕育，他大概會用力地反抗、就算要踢別人用來生孩子的地方才能逃走也在所不惜。

那麼我們把這些種子放在泥土裡、讓它們長大好不好？林葉問。林阿母笑了。那麼你的兔子不就沒有飯糰了嗎？她牽起他沾有細塵的手。那……我給兔子們一些樹葉當點心好了，樹葉不是用來生孩子的，林葉放開林阿母的手跑向落滿樹葉的地方。林阿母看著用短短的腿在像懸崖一樣難走的上坡路上飛跑的林葉，忽然

覺得有把林葉生下來真好。

(三)　　樹大招風

般咸道的四棵石牆樹被砍掉了，露出一大片天空和附近樓房的很多很多個窗戶。林葉站在正街街口、看著對面變得空洞的石牆，忽然覺得很熱。般咸道是環著西半山斜坡的平路、只有兩條行車線，每天都有許多巴士和學生在上面穿梭，那石牆樹下的巴士站，一直都有樹蔭保護。如今樹們被砍掉了、只剩下樹根像燒味鋪櫥窗裡凌空的外星人觸手一樣盤纏飄浮在石牆上，牆下的狹小行人路便被仲夏的陽光曬個正著，雙層巴士在林葉面前一駛過，便有一陣刺眼又刺鼻的熱風撲面而來。

林葉其實沒有想過為什麼樹們會被砍掉。照顧樹木是大人們的責任，正如駕車、當警察、組織家庭和在選舉裡投票。而大人們做事總是有他們的原因，即使他們不常對像林葉這樣的小孩子解釋。就算親切理性如林阿母，也不曾向林葉解釋為什麼她的衣櫃裡總備有衛生巾、為什麼醃肉時可以放林葉還不能喝的酒、為什麼隔壁同居的兩個叔叔在早上上班前會親嘴。到你長大之

後就會明白的，林阿母會說。於是林葉便耐心地等待自己長大，只要他成為了一個大人，其他的大人便會告訴他一切世上不透露給孩子們知道的秘密和真相，比如為什麼這四棵天然的太陽傘在活了那麼多年以後要被砍掉。

或是這些天然的太陽傘當年怎麼會在古老的石牆上生長起來。林葉有時會到附近的佐治五世公園玩，公園面向醫院道的外牆也長有一排石牆樹，正對著兩條行車線以外那間以英女王丈夫菲臘親王命名的公營牙科診所，聽說在裡面工作的牙醫們有好多都是從附近的香港大學來的牙科學生，在這些石牆樹的面前實習為病人洗牙或脫牙。為什麼人類要有乳齒和恆齒和智慧齒呢？為什麼牙齒被牙醫用電鑽鑽起來會有黃蜂被電蚊拍烤焦的氣味呢？為什麼香港有以英國的王室人員命名的醫院、卻沒有以中國領導人或香港特首命名的醫院呢？林阿母苦笑著看自己的兒子，心想自己還真是生出了一個很喜歡問怪問題的孩子。

再往更西面的地方走去，堅尼地城山市街那邊也有一面掛滿石牆樹的高牆，樹根像細長的水管一樣爬在牆上再延到地底，就算用再多的新地磚鋪在路上，林葉還是可以用腳掌感覺到地底樹

根歪歪斜斜、地面凹凸不平，確認浮在他上空的石牆樹如何根深蒂固。這群高得像森林大樹的石牆樹到底是從什麼時候開始生長，才能把根埋到那麼深的地方、把樹頂到那麼貼近飛鳥的地方？是由西環仍是維多利亞城的時候開始生長嗎？堅尼地城臨時遊樂場那個花槽後面有一塊尖頂正方柱體界石（林葉在數學課上學會了怎樣辨認不同的柱體和錐體），寫著1903年時林葉所在的球場正是 City of Victoria 的一部份，這個Victoria大概不是班上那個讀到二年班就隨家人移民到外國的混血女孩，而是維多利亞公園的那個維多利亞女王吧。為什麼人們會移民呢？「外國」離香港有多遠呢？那裡也有大白兔糖、放學後的多啦A夢電視節目、足夠的補習社和鋼琴教室嗎？如果移了民的人不會再回來，那他們和去了天堂有什麼分別？而林葉在來到遊樂場裡看大哥哥們踢足球時、要不是剛好看見界石，也不會想起那個頭髮微棕的美麗同學，就像是若果林阿母沒有口誤，林葉也不會記得動植物公園對面的禮賓府以前叫做港督府。

般咸道上、正街街口對面的四棵石牆樹被斬掉後不久，那天放學後林葉又發現同在般咸道上、英皇書院對面的大樹也不見了，露出了後面教堂的牆壁、通往聖嘉勒小學的小路和旁邊的解放軍

宿舍。同樣地，沒有人向林葉解釋過為什麼：那不是一棵攔路的樹，不是榕樹也沒有可能打到雙層巴士車頂的氣根或會掉滿馬路的軟爛果子，它不像名偵探柯南裡那些被殺害的角色那樣，有容易理解的被殺的原因。林葉站在英皇書院的庭園外、看著隔著般咸道的解放軍宿舍，才想起從來沒有人向林葉解釋過為什麼會有一所軍營會默默地生長在一所大學、一所中學、一所小學、和一所附屬在教堂的幼稚園之間：這座綠色白色的工整住宅一直都以保護色混在香港大學鄧志昂中文學院外那攔路的石牆樹和忽然消失的大樹之中，要不是有時林葉在行走於般咸道的小巴上聽見有姨姨說「軍營有落」，他都想不起這靜默而長期拉上大鐵閘的避車處一直寫著「軍事禁區　不得擅入」。

不過，林葉小小的腦袋裡，畢竟裝不了那麼多沒有解釋、又不會出現在常識科考試裡的東西，一直忘掉直到偶然記起，對林葉來說也無大礙。正如林葉忽然想起銀包裡的車費好像比存在錢罐裡的少了女王頭硬幣、多了洋紫荊硬幣，可是每年林葉拆新年利是也沒有多想什麼——那些不熟的姨姨只封十蚊一封利是這一點總是不變的，十年、二十年、五十年都不會變。林葉繼續沿著般咸道前進、將會途經瑪麗醫院的巴士和小巴在他身邊魚貫

而行，香港大學東閘那些石牆樹和念頭在他身後一點一點地消失，像樹根後面的石牆一樣慢慢融化，再也看不見。

十二生肖

城市裡的動物

(一)　　**無木可擇**

中環擺花街和結志街的交界處，有林葉很喜歡的一間店：那所四層樓高的外國肥皂店裡面放滿了香氣四溢的玫瑰沐浴露、海鹽洗頭水、朱古力面膜、五顏六色質感各異的肥皂，店內乾淨甜膩的氣味濃郁得站在店外半山扶手電梯天橋上都可以聞到。林葉不太夠膽常常獨自進店看看這個、聞聞那個，可是他永遠不會忘記那次他在店裡看見堆成一座座小山的浸浴汽泡彈，以各種浸浴粉壓成硬塊的黃色潛水艇、藍色星球、粉紅玫瑰、白色北極熊浸浴球疊放在大玻璃窗前，展示所有的美麗與芳香。穿白襯衫黑圍裙的店員哥哥在明亮的燈光下扭開銅色水喉，以暖水注滿方整的白色洗手盤，示範把一個藍色火箭形浸浴汽泡彈放進水裡，火箭就在水裡邊吐泡沫邊在水池裡噴射滑行，把水染成飽滿鮮豔的藍色，還釋放出許多在水裡飄浮的金色閃粉小星星和像吹波膠一般的香氣，如魔法一般使林葉著迷。

要是林葉可以把這一切帶回家裡，讓自己浸泡在芬芳的泡泡水

裡，該多好啊。可是浸浴球並不便宜，他只可以常常站在店外的天橋上看著窗裡的顏色、聞著肥皂香，有時地面的店門口還會因為店員的商品示範而飄出泡泡，像嘉年華一般。肥皂店的光潔黑色外牆旁邊有一面鋪滿灰色紙皮石的牆，牆腳處有塗鴉藝術家仔細繪畫的一個男子頭像，畫裡的他穿著白色汗衫、戴著一頂藍色鴨嘴帽，邊露齒而笑邊用手擋在額前，從他身後有些藍色黃色白色顏料繪成的透明肥皂泡往上揚起，升至一樓窗邊縮小成一個個白色圓點，和紙皮石間的白色填充物相當合襯。這真是一個美麗、乾淨的街角啊。

可是，這幅圖畫上卻常常出現新的白色點點，與肥皂泡或藝術家無關。男子畫像上方的窗台上總有一兩隻鴿子站著，像閉路電視一樣看著街道上的人；而當鴿子的尾巴輕輕抬起、壓下，就會有一點白色的鳥糞像酒精潔手啫喱一般滴落，劃在牆上、地上、窗台邊，任何擋在鴿子和地心引力之間的物事上。難怪畫中的男子得戴帽子，還得用手擋住眼睛啊。

會從天而降的雀屎比狗屎更可怕，可是活在這般有鳥有狗又有人的城市裡，「中頭獎」或踩到「黃金」這種事終有一天會發生的。林葉還未試過被鳥糞擊中（這才算是真正的幸運吧？），才不怕在鴿子眾多的中環走動。他的確非常討厭街上出現動物的屎尿，害怕那些看不見也喚不出名字的細菌和病毒和嘔心、看得見卻喚不出名字的黏稠質感，可是他無法衷心討厭鴿子。他曾經和林阿

母一起在中環曲折陡峭的路上走，得小心避開穿高跟鞋和西褲的人群、吵鬧的紅色的士、推著超載手推車的裸上身大叔，才能在沒有班馬線的過路處橫過馬路。在林葉面前走在馬路上的一群小腿忽然讓開，露出一攤被車壓扁的紫灰色羽毛，混雜著一些和豬肉檔的燈一樣的濕潤紅色，人群經過時輕輕抖動的兩條柔弱羽毛，更顯得其他尖硬羽毛的永久靜止。小腿們竊竊私語地走遠，手推車大叔罵了一聲就繼續拉著手推車咔啦咔啦地滑行下山，的士從同一的路上呼嚕呼嚕地輾過，而那攤羽毛仍躺在路中心因車子引起的氣流抖動，沒有人為牠報警、叫救護車、把牠當作像新聞裡的交通意外死者般封鎖馬路並在遺體上罩上小小的墨綠色帳棚。林葉牽著林阿母的手站在路邊，無法把目光從死掉的鴿子身上移開；一個穿著橙色黃色反光背心的清潔工拖著闊大的芭蕉掃把若無其事地走過，一隻頸上有一圈如珍珠頸鍊的花紋的斑鳩也若無其事地從同一的馬路走過，別的鴿子繼續站在五金店、裁縫鋪、擺賣 Bob Dylan 唱片的窗外一切凸出的窗台、燈罩、支架上，為死去的同伴默哀。

從那時候起，林葉就知道住在中環的鴿子都像死囚一般，沒有離開的去路。中環的天空被高樓大廈壓縮至河道般狹窄曲折、不容易飛行，把不得不走著過馬路的鴿子像推銀機上的遊戲中心代幣般徐徐推進車底、被迫參與像「青蛙過馬路」那樣容易game over的遊戲。自半山扶手電梯的根部往下走，中環街市的灰色外牆上總站滿鴿子，像林葉從課本上擦下來的擦膠碎，灰黑白色

混在一起，明明乾燥卻總揮之不去。一輛貨車自電車路轉入中環街市旁的租庇利街，街上的鴿子立刻像鬼屋裡的蝙蝠群一般全部起飛、急忙撲向街道兩旁的大廈外牆找尋落腳點，有些牆壁已經客滿、有些牆壁是完全光滑平整的落地玻璃，無法降落的鴿子只得馬上轉向，狼狽地飛向迷宮的別處尋找容身之所。林阿母對他說，有時候鴿子還會看見反光的玻璃窗裡面映照出白雲、發現透明的玻璃後面有水源、植物和食物，以為那裡是廣闊的天空就直飛過去，結果一頭撞死在玻璃窗上呢。林葉腦裡響起電腦遊戲彈珠台的聲音。

難怪鴿子得在中環到處拉屎：商場水族箱裡的熱帶魚無法逃離魚缸、只能在自己生活的環境裡大小便，鴿子無法飛走、也無法坐地鐵離開中環，就只得和魚一樣，和自己的排泄物共存。要是林葉被關在小房間裡，最終他也不得不在囚室裡上廁所吧。要和自己的屎尿住在一起，到底是多麼殘忍的事情啊。林葉既喜愛又討厭中環的原因正是這樣：這裡有林阿母工作的高級超市，每次踏入超市所在的高級商場都會聞到乾淨的人造室內香氛，看見最光潔明亮的米白色地板、擺了幾箱新鮮香橙和檸檬的香水店櫥窗、總有穿白色罩衫的清潔嬸嬸看守的廁所，可是一離開商場回到中環街市和扶手電梯，就能看見大廈外牆上鋪滿雀屎的街燈和窗台、地上來歷不明的灰白色羽毛、躲在牆壁邊縫的鴿子，像在一起等待什麼，卻總沒有什麼可喜的事會發生。林葉在扶手電梯上走，可以看見防止鴿子落腳的針像海膽的刺般刺向天空、

白色啡色綠色的污跡在冷氣機和簷上堆積，也可以看見美國雪糕店櫥窗裡擺滿沾滿糖絲的甜筒和曲奇餅、美麗的女子在街邊的鏡面前仔細塗抹唇膏；他看見扶手電梯的欄杆上掛滿城中各種藝術展覽、話劇和比賽的橫額，也看見漁農自然護理署設計的「餵飼野鴿影響深　停止餵飼顯愛心」橫額。扶手電梯兩旁的玻璃外牆裡裝著男士理髮店、女士美甲店和外國人畫廊，這些美麗的窗戶知道自己有可能殺死愛美的鴿子嗎？像鬼一樣浮在空中的鴿子從城市上空看著林葉，林葉把帽子壓得更低，不敢直視。

(二)　　**野豬家族**

林阿母工作的高級超市樓上有一間奢侈品百貨店，擺滿了華麗得不常在街上看見的鞋子、戲服一般的英式禮帽和珠寶、各種香水和各樣閃亮的物事，真像是某國王室的藏寶庫呢。林葉喜歡把百貨店當作博物館，參觀玻璃櫃裡亮晶晶的 Judith Leiber 小手袋：每一個手袋都是一座鑲滿水晶的雕塑，把女士的迷你手袋打扮成用無數顆閃石造成的迷你錄音機、杯子蛋糕、西瓜雪條或鸚鵡，比任何玩具反斗城裡的玩具都有趣。 La Mer 護膚品專櫃後面有一個美麗的魚缸，裝著潔白的珊瑚和碎石、紅色黃色藍色的魚，在藍色的燈光下看起來就像是把深海的一部份像啫喱糖般切下、搬到百貨店來展覽了。林葉很喜歡看魚，不管是林阿母的超市裡裝活海膽的水缸、海洋公園裡養水母和海獅和魔鬼魚的水族箱、酒樓裡裝龍蝦和象拔蚌和老虎斑的魚缸，他都喜歡，就

算是要特別繞路也要去和魚們打個招呼才行。

然後他總會去看 Fortnum & Mason 的英式茶包和餅乾，特別是那個藍綠色的旋轉木馬音樂盒餅乾罐，依著貨架上的指示扭動上鏈、鬆開，圓筒形餅乾罐上的旋轉木馬就會一邊轉動一邊奏起音樂來，非常優雅。看守餅乾罐和茶包的店員都很友善，看見林葉為餅乾罐裡的音樂盒上鏈就提醒他裡面裝有美味的朱古力餅乾，喜歡的話可以叫媽媽來付錢喔！林葉對他們笑了一笑。他把鐵罐放回貨架上，轉身打算去服飾部看釘滿珠片和蕾絲的長裙時，忽然有人從後面重重一撞，林葉撲倒在放滿鐵罐的貨架上咚一聲地撞到額角，鐵罐咚隆咚隆地自貨架滾落到倒在地毯上的林葉身上，店員嚇得叫了起來，急忙跪落在林葉面前把他身上的鐵罐撥到地上，扶他翻身，問他有沒有受傷，他這才看見撞到他的是一個比他小一點的男孩，小男孩抱著他剛放回原位的餅乾罐，牽著一個穿釘滿珠片和蕾絲長裙的女人的手，木無表情地看著林葉。

那女人看了一看林葉，就轉向她牽著的小男孩說：早就叫你不要老是那麼心急，你看，都弄亂別人的貨物了。她邊把男孩拉走邊說：走吧，去付錢，我們快要遲到了。跪在林葉身邊的店員姐姐和趕來幫忙的店員哥哥看著他們，也被他們的無禮嚇呆了。在小男孩轉身走遠前林葉剛好看見他身上穿的是在百貨店童裝部有售的野豬冷衫，冷衫正面印有一隻小野豬、後面印有尾巴和腳

印，他還記得這件衣服展示在人偶上時旁邊也有一件成年男裝和一件成年女裝野豬汗衫，讓一家大小的人類都可以打扮成野豬家族。

怎麼會有這麼沒家教的孩子和母親啊，店員哥哥看著他們的背影說。你的額頭腫起來了呢，一定很痛了，店員姐姐看著林葉的臉說。林葉開始忍不住流淚了。店員姐姐叫店員哥哥去外面的咖啡店要一杯冰和幾個膠袋，又從圍裙的口袋裡取出蜜桃香味的紙巾，幫他輕輕地擦眼淚。一個穿西裝的經理叔叔趕到現場，又馬上跑去把童裝部的樹木形兒童木椅搬來，讓林葉坐好：你的媽媽在附近嗎，他問。林葉漸漸由傷心轉為憤怒。怎麼會有這樣的人類呢，他想。撞傷路人、搞亂別人的私有財產，居然可以這樣一走了之，不把散落一地的貨物放回原處、不向受傷的路人道歉或賠償，完全沒有公德心。要是他們真的是野豬，這樣的行為還是可以被原諒的。他在報紙上讀到過關於野豬的事情：牠們因為習慣了某些人類餵食，就以為其他人類種在田裡的蔬菜或放在垃圾筒裡的剩菜都是給牠們的飼料，不小心破壞了一些人類的財物、翻倒了一些垃圾筒。野豬又不像那個穿珠片蕾絲裙的女人般懂得人類的語言，又怎會知道那是人類不喜歡的行為呢？公德心是個只對人類適用的期望，可是那個穿珠片蕾絲裙的人類和穿野豬冷衫的人類，居然有面目如此不禮貌地對待其他的人類。

林葉愈想愈生氣，可是他又能怎樣回應這樣的事情呢。不喜歡

野豬的人類常常報警叫警察把在銅鑼灣逛街的野豬抓走、或是把在西環對開海上游泳的野豬抓回陸地上，有些人甚至會向政府申請槍牌、加入野豬狩獵隊，在新界合法射殺或許沒有和人類有過任何交集的野豬。難道林葉也要寫信給百貨店的店長、申請BB彈槍牌，下次再遇見這樣無禮的人類就可以合法地把他們身上的圖案和珠片當作槍靶一般射擊嗎？林葉並不是這樣殘暴的人。他也不過是希望大家都可以在共用的地球上和睦共處罷了。

店員哥哥帶著冰塊回來了，店員姐姐把冰塊放進膠袋裡、做成急救用的冰袋按在林葉的額角上，這時穿西裝的經理叔叔也回來了，走在他身後的是穿著超級市場制服的林阿母，她看起來非常擔心，經理叔叔看起來也相當緊張。是不是很痛呢，林阿母問。林葉搖搖頭，但還是忍不住落淚，一半是因為額頭的冰冷和腫痛，一半是因為被無禮貌的人傷害的委屈。林阿母看了一看他的額頭，決定還是帶他去看一看醫生比較妥當。她把林葉抱起來時，經理叔叔仍連聲向她道歉。她沒有收下經理叔叔用以賠罪的禮券：這不是你們的錯，你們不需要代替那麼沒家教的客人道歉，林阿母說。店員姐姐見狀就建議林葉收下他常常到店裡把玩的音樂盒餅乾罐，當是店長的一點心意；林葉聽見了就眼睛發亮，他一直都很喜歡那音樂盒的聲音和旋轉木馬轉動的樣子，可是他實在捨不得買。林阿母看見他的表情，就點了點頭，讓店員姐姐把餅乾罐和一些小玩具放進紙袋裡讓林葉提著。

林阿母謝過在事發後照顧林葉的店員們後，就牽著林葉的手往出口走去。林葉看見店長哥哥這才開始收拾起滾落一地的鐵罐來。看來在他們心中，林葉比美麗的餅乾罐還重要呢。林葉想到這，就可以笑了。

(三)　　**失業的貓**

城裡有很多貓，其中有不少在中上環上班。和林阿母一樣在中環上班的貓，最有名的當然就是在匯豐銀行總行門前當看更的兩隻銅獅子，風雨不改地在電車路邊站崗，無論來自哪國的旅客怎樣拉牠的手掌、摸牠的鬍子、甚至爬到牠身上，牠都像英國御林軍般面不改容地守著門。相比之下，在商店裡面的招財貓應該算是比較舒服的工作吧？雖然兩者都沒有勞工假期或颱風假，但招財貓們在打風時可以像林阿母一樣躲在乾爽無風的室內吃杯麵，匯豐銀行的獅子不管是黑色暴雨還是十號風球都得留在室外，真是辛苦呢。

在上環的海味街，也有很多年中無休的貓員工，或坐或躺在海味鋪裡，守著裡面的臘腸、金華火腿和瑤柱。林葉和林阿母在傍晚經過海味鋪時看見過人類店員收鋪：叔叔拿長桿把留有小門洞的大鐵閘嘩啦嘩啦地拉下來鎖好之後，店裡的人類逐一從小門裡步出、關燈，叔叔再把門框和門裝到小門洞上，用手兜起溜到街上的貓店員肚子、輕輕拋進店裡的地上，就把門鎖上，離

開。原來海味街的貓店員的工作時間和便利店一樣是二十四小時呢。也是的，會偷吃蝦米的老鼠不管白天還是晚上都會偷吃，而忽然想吃叮叮點心的人類不管白天還是晚上都會想吃，這座不會因為太陽下山就停下來的城，就有了對貓和便利店的需求。

林葉有時候會想，這些貓是怎樣找到這些工作的呢？貓咪小時候是不是像林葉一樣，要上學讀書、在作文課上寫「我的志願」？貓咪們有沒有巴士車身和地鐵廣告裡的補習天王任教的貓咪補習班，讓牠們可以在貓咪中學文憑試裡考到好成績，經過聯招進入貓咪大學或是副學士課程？貓咪在完成學業後，會有給貓咪看的《招職》免費雜誌、或是報紙上招海味鋪貓店員的求職廣告嗎？林葉不知道當一個海味鋪貓店員需要怎樣的學歷和技能，大概除了懂得抓老鼠和擺可愛的姿勢給遊人拍照外，還要懂得基本中英文打字和使用算盤、知道斤兩和商品說明條例和「呃秤」的法律後果吧。

那麼，這些在人類僱主的商店裡努力工作的貓店員，可以和林阿母這樣的人類僱員一樣，和僱主合供強積金、三不五時在家裡收到和強積金相關但沒什麼重要內容的銀行信件嗎？貓咪們會不會有由獸醫設計的貓咪職業安全健康指引，指明僱主應該為貓咪店員提供足夠的清涼飲用水、適合的椅子和工作環境？女貓咪店員可和林阿母的女同事一樣，享有有薪產假嗎？啊，可是貓咪界好像相當流行絕育：林葉在後巷和山邊遇到的貓，耳朵常常缺

了一個角，左耳缺角的代表是已絕育的女生，右耳缺角的是已絕育的男生。牠們是一種為了好好工作而「梳起」不嫁、像電影裡的馬姐一般的人物嗎？居然有貓咪願意為了僱主而不成家立室，貓咪真是一種偉大的生物呢。要是林阿母是一隻貓，在當上超市職員後就要絕育的話，世上就不會有林葉了。

不過，人類不一定懂得珍惜如此犧牲自己的貓咪，在街上流浪的貓，大多都有缺角的耳朵。這些貓咪為什麼會失業呢？是因為金融風暴嗎？因為僱主懷孕而要結束生意嗎？因為貓咪不小心抓傷客人或不小心在貨物上面小便嗎？有時候林葉還會在街上遇見少了一隻眼睛或一隻手的貓咪，通常見過幾次之後就會永遠消失：要是牠們在工作時被切割人參的大刀或跌落的大麻包袋所傷，會有職業傷害補償基金賠償牠們嗎？因工傷殘或變得老弱的貓、無法招來客人或是趕走老鼠的貓失業後，並不容易找到新的僱主，許多失業的貓咪就得流浪街頭，和常在中環蘭桂坊或ifc外的天橋上躺著的行乞者一樣，在空洞的碗前等待路人的施捨。

有沒有貓咪僱員再培訓局、貓咪資歷架構、貓咪失業補助金，可以幫助這些流落街頭的貓呢？有時候林葉會看見愛護動物協會或其他保護流浪動物的志願團體在街上籌款，這大概表示政府並沒有完善的失業動物政策，無法好好地建起一張社會福利安全網，支援用心工作但不幸失業的貓咪。要是林阿母失去了工

作，她大概還可以去申請法定最低工資的工作應急、再找不到工作就可以申請綜緩，可是缺了一隻眼睛或手而無法工作的貓咪，可以申請貓咪傷殘津貼、以特惠價兩元一程的車費坐公共交通工具代步嗎？

林葉還未知道他最終會找到怎樣的工作，過著怎樣的成年生活，可是他相當慶幸自己不是一隻貓，無論最終找到還是找不到工作、找到怎樣的工作，他都會活得比城裡的貓店員安全。如果林葉願意，他可以考公務員、成為政府的員工，享有房屋津貼、子女教育津貼等，因為當公務員不必「梳起」不嫁，也不需要在考進政府之後馬上絕育。據他所知現時政府並不像英國政府那樣聘用大量貓咪當捕鼠專員、擔任英國內閣辦公室首席捕鼠官，不聘用貓咪當公務員的政策算不算對貓咪的種族歧視呢？平等機會委員會會為貓咪申訴這樣的不公平嗎？到底一座城市應該怎樣對待讓她順利運作的人類和貓咪僱員，在他們老去後應該提供多少退休金、生果金和醫療券？沒有工作能力、無法為這城帶來經濟價值的貓，在這城裡還有容身之所嗎？林葉看著馬路邊隨風抖動的議員橫額成功爭取了什麼或正在反對什麼，怎麼想都想不通。

叉燒和鼠鼠

生舊叉燒好過生你啊，林葉在放學時聽過同學的媽媽扭著同學的手臂如此罵道。林葉隱若聽出同學英文默書又不合格了：生舊叉燒都至少有餐飯食啊，你話你有咩用啊？她甩開兒子的手徑自背著他的米奇老鼠護脊書包往前走去，走了七八步才停步回頭察看，在路口牽回兒子的手一起過馬路。林葉知道叉燒其實也不便宜，一盒不一定附送汽水的叉雞飯要價三十幾元，已經等於寵物店裡一隻倉鼠的售價了；或許鼠鼠的媽媽才適合拿默書不合格的小鼠來和叉燒相提並論。人地買舊叉燒都好過買你啊，大家都係咁上下價錢，叉燒至少食得啊，鼠媽媽可能如此對孩子們說。

那麼住在街上的鼠鼠都是因為成績不好才賣不掉、才要流浪的嗎？走在獨自回家的林葉前面的那對母子仍然牽著手，不過林葉聽過那個媽媽在兒子以前默書不合格時甩掉哭著的兒子的手說，再哭就不要你了。那是個平時很堅強的同學，不管是打針或是課室有黃蜂都不會害怕，可是在媽媽接放學時則常常露出慌張的神情，如林葉偶爾會在街上遇見的流浪鼠鼠一樣踏著細碎而猶豫的腳步，前進又怕被不友善的人或養在商店裡的貓兒發

現，後退又怕落後腳程、無法到達前方那個像林阿母的掌心一樣溫暖安全的地方避難。如果鼠鼠必須離開乾爽明亮的寵物店、在潮濕昏暗的後巷獨自生活的原因只是成績不好，鼠媽媽、寵物店和想養鼠鼠的人們也實在太嚴苛了。

雖然林葉也不知道有哪個人類會在選購倉鼠時會要求先查看鼠鼠的學校成績表。林葉很清楚林阿母喜歡林葉的唯一條件是他是林葉，無關他的默書或體適能成績、普通話口音或牧童笛指法是否熟練；而林葉喜歡林阿母也只因為她是林阿母，就算林阿母常常無法陪他放學、偶爾加班忙得只能讓林葉吃叉雞飯、沒有給他買許多同學都在用的卡通人物文具，林阿母也總會是他可愛的林阿母。一隻老鼠忽然從小食檔的垃圾桶竄出，把默書不合格的同學嚇得甩掉媽媽的左手往她的右邊逃；媽媽用右手把兒子牽回來說，老鼠之嘛，咁都驚堂堂男子漢點可以咁細膽㗎？這次她溫柔了許多，比起憤怒的訓導主任更像林阿母的語調。林葉看著同學一手牽著媽媽一手提著米奇老鼠水壺的背影，忽然覺得自己手裡提著的叉雞飯和同學兩手裡握著的都是某種愛的證據。

新界原居牛

林葉在世上也只是生活了十年、從出生到現在都住在西環,沒有
經歷過市區裡有牛或恐龍的年代。他知道香港還是有牛的,在新
界、大嶼山、牛奶盒裡:在林阿母早早出門上班的早上林葉打開
雪櫃,裡面不會有蚊也不一定有雞、但一定會有鮮牛奶,裝在工
整冰涼的屋仔紙盒裡站崗,等著林葉按它們頭頂上印著的食用
期限順序召喚。那些把牛奶生下來的牛們真的在那遙遠的新界
行走在馬路上嗎?牠們會看像樹一樣高的紅綠燈、看到綠燈成熟
了才過馬路?牠們在地鐵上會讓座給老公公和老婆婆嗎?牠
們會像大人一樣每天帶著身份證上街、好讓警察叔叔認得每一
隻牛是誰嗎?如果會帶身份證,不穿衣服不帶錢包的牠們又該
把身份證掛在脖子上還是耳朵上?

要合法地居住在香港,身份證還是非常重要的證明書。乖乖地按照
城市裡的秩序行走、起居,可是人類和牛們共用一座城的時候非常
重要的約定呢,林葉想,不然城市就會陷入混亂裡,無法運作。不過
既然林葉不常在新聞上聽到警察叔叔和漁農署的叔叔拿著麻醉槍去
捉把頭卡在行人路欄杆上的牛(通常陷入這種困境的都是野豬,那

些聽名字就覺得野蠻的野生動物），大概牛們早已和本地文化融合、完美得讓林葉不怎麼會注意到牠們存在吧。像是學校裡的外籍英文老師、在街上帶著美麗的小女生去上芭蕾舞課的菲傭姐姐、裸著上身在大小地盤外喝著大瓶蒸餾水的啡色外國叔叔們，早就成為了林葉每天上下課途中見到的風景一部分，再也不會讓他覺得稀奇。

不過，在香港這座小小的城裡，是先有人還是先有牛的呢？是先有牛們為這城裡的人提供鮮奶，還是先有外籍英文老師教這城裡的人怎樣把舌尖在口腔裡彈動、發出「milk」裡的L音呢？如果這城裡其實先有的是牛，那麼這便其實是牛們的城，城裡的官員、交通警察、老師和藝術家，都應該由牛來出任，教導人類怎樣依牛定的規矩住在以牛為本的城裡──在這樣的城裡，林葉還能過著像現在這樣相當愉快的生活、在學校裡學習人類的主要語言、走在街上不會踏到牛糞嗎？要是未來歷史學家發現這城的主權其實屬於牛們，林葉還能在雪櫃裡找到牛奶嗎？他把最後一口清涼鮮甜的牛奶傾進喉嚨、用被水珠沾濕的手抹去上唇的牛奶鬍子，便揹起書包往還未有牛語老師的學校跑去。

語言成虎

聽說在林葉出生以前，香港已經沒有老虎了。以前在香港出沒的華南虎還兇猛得把兩名皇家香港警察咬死了呢，看來身體軟綿綿的警察叔叔還是打不過身體沒人類那麼軟綿綿的老虎呢。香港沒有馬戲團、動物園，可以看見的老虎只有在超級市場早餐穀物區裡香甜玉米片上的東尼老虎、愉快動物餅裡那塊很像貓型的tiger餅、和小熊維尼的朋友跳跳虎。啊，還有一隻老虎，住在林阿母工作的高級超市裡負責切魚生的大叔家裡：那次林葉去超級市場找林阿母簽通告，那個魚生部的大叔一直對對面主持紅酒試飲促銷活動的大姐說，整多杯比我啦，我屋企隻老虎乸少少都唔比我飲啊。

老虎乸目前偷偷住在民居裡，可是野外的老虎通常是住在山洞裡的。林葉知道，因為他翻查過成語大字典，裡面提到「龍潭虎穴」、「不入虎穴，焉得虎子」，以前發明成語的人大概就是一班動物拐子佬——不然他們又怎麼會一直去追尋據報很喜歡在山裡躲藏起來的老虎（「臥虎藏龍」、「放虎歸山」）？而且老虎又是那麼的強壯（「九牛二虎之力」），餓了就會跑到村落裡擒

羊，造成村民「前門驅虎、後門進狼」的困境，古時的人為什麼會那麼勇敢，跑到山裡偷幼虎呢？

林阿母說，那大概是因為虎皮很漂亮吧。你看老夫子漫畫裡那篇名為「與虎謀皮」的漫畫，老夫子只需用自己身上厚厚的大衣就能和在城市裡冷到發抖的老虎交換虎皮，真是「虎落平陽」就不再神氣了；可是真正的老虎不會說話也不會以物易物的啊，人們想得到虎皮就只得把老虎殺死了，林阿母說。而且老虎可以造成名貴的虎骨酒，聽說很有益呢——林葉打斷她說：可是以前的人吃了那麼多老虎啊熊膽啊犀牛角啊什麼的，還不是很年輕就會死？古人到了林阿母你的歲數，已經算是難得的老人了喔。係啊，林阿母說，我老啦，你要開始用輪椅推我行路啦，然後她假裝彎腰駝背、一手撐著看不見的拐杖一手背在腰後，邊走邊假咳；林葉伸手拍拍假的林阿婆的背說，那我就去找虎骨酒給你喝、喝到你的腰再挺直就好啦。你要到哪裡去找到老虎啊，街角那些收購舊酒瓶的人又和你說了什麼亂七八糟的話？林阿母敲一敲林葉的頭頂。嘛，成語書說「三人成虎」嘛，你說一次有老

虎、我説一次、那個切魚生的大叔再説一次，老虎就會出現在我們面前了，林葉自信地説。

噓，你真是看太多成語字典，學到奇奇怪怪的東西了，林阿母説。不是説中文好的人説話都用很多成語和典故的嗎？林葉問。
嘛，正所謂「一山不能藏二虎」，一直用太多成語的話，老虎和聽你説話的人也會生氣的啊，林阿母摸著兒子的頭説。

兔皮燈籠

林葉再也不想去旺角了，就算那裡有林阿母舊同事們常常約好聚會的酒樓，而且每次她們都會讓他一人獨霸一整個心形的芒果布甸。他不喜歡人多擠迫的地方，更不喜歡所有人都比他高一大截的地方。在旺角地鐵站的人潮裡擠著上樓梯離開，總有些手袋或屁股在他的頭附近橫飛，有時候那些屁股裝在西褲裡，有時候裝在短褲裡，露出沒有腿毛的女性大腿或滿是腿毛的男性大腿。滿是腿毛的大腿一點也不好看，看著看著就彷彿聞到動植物公園大猩猩的氣味，或是球場旁邊公廁的氣味。沒有腿毛的大腿也不好看，因為大腿的主人常常把掛在背後的手袋及吊飾在林葉的鼻子前面晃來晃去，當她們因擠迫而忽然停步，林葉的鼻子便會在這些手袋或吊飾上壓扁。

林葉的鼻子在旺角常常栽在一種兔子吊飾裡，一種容易讓他的鼻子狂打六個噴嚏的兔仔吊飾。他的鼻子每次在室內感應到貓毛或狗毛，都會打六個噴嚏、開始鼻塞，像警報器一般準確。而林葉的鼻子和報紙裡的記者都感應得到，這些掛在屁股附近的兔子吊飾都是把真兔子的皮毛剝下後造成的。

六個噴嚏，十二個噴嚏，十八個噴嚏，廿四個噴嚏，六五中三十個噴嚏。一盞一盞的兔皮燈籠，掛在一個一個的八月十五後面。那樣的兔子吊飾比中秋節的兔子燈籠更像真的兔子：掛在八月十五後面的兔子有黑色珠子造的眼睛、垂著圓渾渾的手腳和長耳朵，除了白色皮革造的手掌腳掌以外，全身都以蓬鬆的兔毛製作，有像真兔子的黑色灰色和白色，也有像兔子燈籠的紅色橙色紫色綠色黃色。當林葉的鼻子在這些兔子身上壓扁，他總感覺到那比羊毛柔滑許多的毛毛質感，也比他的100%人造纖維毛熊更像活著的生物。

中秋節的兔子燈籠只有竹子造的骨架和紙造的毛，林葉在美勞堂上裝飾過紙兔燈籠，所以他非常清楚它們的身體結構。而掛在女人身上的兔皮燈籠體內，會不會有兔骨造的骨架？同學偷偷地告訴林葉的納粹恐怖故事裡的人皮燈罩下面，會不會有人骨造的框架？造燈罩以前，要不要先把腿毛剃掉？還是直接選用沒有腿毛的女性或像林葉那樣小的小孩？多麼殘忍啊。納粹的人皮燈籠代價是許多國族和人民的苦難，掛在旺角的八月十五後面的

兔皮燈籠卻只在花園街攤檔裡賣四十元，比兩份開心樂園餐還便宜。多麼殘忍啊。

想著想著，林葉除了想打噴嚏以外，還想打冷震了。酒樓阿姨捧著大人們叫的點心到來，滾燙無菌的豬皮蘿蔔、以冷醋保鮮的去骨白雲鳳爪，和林葉最愛的釀無骨雞翼：美味的餡料把雞翼皮肉裡原本裝骨頭的空間塞得漲滿，把雞皮上的凸點都撐開了，像糊在骨架上的燈籠紙一樣緊繃。這真是幾乎比林阿母煮的雞翼更好吃的菜式呢。他邊咬開多汁有彈性的雞皮，邊期待著林阿母在飲茶後帶他去買便宜的新皮鞋，然後他就終於能離開旺角這個人人都在身上掛滿動物毛皮的恐怖地方。

港龍

英文科老師說，學好英文，遇到外國人時便能向對方好好介紹自己的生活方式。林葉認識的外國人只有學校裡的native English teacher ，如果林葉有一位外國朋友，他大概會如此介紹香港和外國的分別：香港的龍和外國電影裡的龍很不一樣，香港的龍明顯更苗條、皮膚更亮麗光滑，而且沒有翅膀，完全不像蝙蝠。香港的龍有一種生活在陸地上，像壁虎一樣扒在酒樓的牆壁上假裝誰都沒看到牠，即使每當婚宴時主角們都愛站在龍和牠老婆鳳住的牆前面拍照，害龍和鳳連眼都不敢眨。聽說外國人都很喜歡香港的酒樓點心，世界各地的華埠都有蝦餃、燒賣、蘿蔔糕，不知道外國朋友們在外地吃著叉燒包、春卷和腸粉時，他們所在的酒樓裡有沒有地道的龍和鳳，像林葉半夜點亮浴室的燈時撞見的壁虎一般，長期趴在牆上玩一二三紅綠燈？

另外一種龍生活在海裡，沒有酒樓的龍鳳那種像雞腳一般的爪，由騎龍過河的人們每人手執一支槳，按著咚咚的鼓聲讓無腳的龍變成水上的百足，嘩啦嘩啦地在水面上游動。住在海裡

的龍很愛美，總像借了粵劇演員的化妝箱一般，把臉和身體都塗滿紅橙黃綠青藍紫，比住在陸地上的龍和鳳都漂亮多了。聽說外國都不過端午節，但去過倫敦旅行的英文科老師說當地也有愛爬龍舟的香港人設立的龍舟協會，也許那樣好客的龍也像老師一樣會講流利的英文，讓外國人知道該以怎樣的節奏騎在牠身上遊覽泰吾士河？

香港是好客之都，龍也是好客的龍，所以才有不把茶客自家園趕走的龍鳳和願意在海上載客的龍。林葉記得很小很小的時候，有些住在赤鱲角機場的飛機身上也住了一些紅色的小飛龍，像酒樓裡的壁虎龍一樣緊緊抓住飛機的尾巴和肚皮，為接載外國人來往香港的飛機導航。可惜那種香港飛龍近年好像絕種了，只活在以香港為基地的航空公司的名字裡，不再活在飛機身上；在街上看起來像旅客的人也不怎麼說英文，只愛說普通話。再這樣下去，香港會不會長出另一種愛說普通話的龍，那樣的龍會容許人們繼續在酒樓裡吵鬧、以自己喜歡的儀式成婚、選擇要不要在牛肉球上加唥汁和胡椒粉，擔當安全舒適的

渡海方式，以及吸引世界各地對香港有興趣的旅客到這裡來遊玩嗎？到時候英文科老師會失業嗎？嗚嗚，林葉還未有機會遇到一個外國人，練習老師教他的「How do you do」；他只能祈求香港的龍不要那麼快絕種，至少讓他有機會長大，遇見老師應許過他的未來。

野味遊戲

林阿母很怕蛇，連蛇羹店和街市魚檔裡的一盤盤鱔都害怕，於是在高級超級市場裡工作的她常常慶幸外國人的飲食文化並不愛吃蛇和鱔。高級超級市場的貨物來自世界各地，每個價錢牌右上角都有來源地國旗，放眼望去就像聯合國會議一樣；新鮮食品區的肉檔裡有世界各地的人大多都會吃的雞牛豬肉，只是來源地跟廉價凍肉鋪的中國雞腳或豬頭骨不同，像是「UK Chilled Organic Spring Chicken (Supermarket Bespoke) 英國冰鮮有機春雞（專為本店飼養）HK\$36.00/100g」、「Dutch Chilled Veal Rack For Roasting 荷蘭冰鮮有骨牛仔（爐燒用）HK\$70.00/100g」、「Spanish Iberico Pork Chop Boneless 西班牙頂級伊比利亞無骨豬扒　HK\$78.00/100g」，光是讀著這些從不以斤兩或磅計算的價錢牌，林阿母已經學到了好幾個英文生字和外國地名。

而在這肉食聯合國裡，除了雞牛豬以外，還有好些名為game meats的野味，都是些傳統上不是圈養而是打獵獲得的肉食：「New Zealand Venison Chop 紐西蘭鹿鞍扒」、「French Chilled Quail 法國冰鮮鵪鶉」、「French Whole Rabbit Leg 法國精選兔

仔全牌」、「UK Frozen Wild Partridge 英國急凍野生鷓鴣」……
這些野味和一般香港華人會吃的野味都不一樣，沒有可怕的蛇，
沒有可能帶有禽流感的禾花雀，沒有田雞、水魚等和蛇一樣會讓
林阿母打冷震的嘔心生物，更加沒有曾經害沙士引入香港的果子
狸和穿山甲，只有彷彿會出現在高級西餐廳的白桌布和光潔酒杯
之間的美食，整齊地放在一個個以保鮮紙密封的盤子裡，排列在
玻璃雪櫃裡待價而沽。

林阿母沒有吃過那樣的西洋野味，就算是免費得到賣不掉的鷓
鴣也不會像外國人那樣放進焗爐裡烤、像火雞一樣配薯菜，只
會把它跟淮山、茨實、白果一起煮成潤肺止咳的湯，和林葉一起
喝。她記得小時候她的濕疹很嚴重，她阿媽買來一碗蛇羹，讓不
知情的她喝完之後才告訴她那是什麼：你發什麼脾氣，我都係為
你好，食蛇可以祛風止痕，又不像中藥那麼苦，比個良心你當狗
肺，阿媽對知道真相後大怒的她說。沒有再吃蛇的林阿母濕疹
至今還未斷尾，但她再也沒有吃蛇來治病，寧可多看西醫、多塗
潤膚膏，至少在食蛇這一點，她寧願當個崇洋的人。然而面對別

的食物，她卻一點也不介意當個只愛中菜的師奶：超市裡的日本直送海膽像鮮橙色絲絨一樣展現所有的美麗、可是林阿母總覺得它像胭苔，昂貴的魚生、生蠔只會讓她聯想到細長的寄生蟲，而鹿鞍扒和兔仔全髀則使她想起小鹿斑比和他的小兔朋友，無論聯想太嘔心或太可愛都吃不下。要是林葉知道她煮的湯裡有他在聖誕歌 *Twelve Days of Christmas* 裡遇過的partridge，他還會喝她煮的鷓鴣湯嗎？還是不要讓林葉知道那些止咳的湯裡放了什麼材料好了，也暫時不必教他partridge的中文名字──她也只是為他好，她對自己說。

馬跡

十八歲以後就能獲得的超能力有很多，其中一項是可以和馬兒一起玩。林葉並不在乎抽煙或喝酒這類昂貴又無益的興趣，對駕駛沒什麼想像，投票或結婚更是遙不可及的事。他對馬反而有點興趣：為什麼英國人來到香港時，會在跑馬地圈起一塊像林葉學校運動會場地的橢圓形，當作馬的運動場，而且只許成年的人類進去看比賽，或是進去各區都有的馬會站著邊看電視直播邊大吵大鬧？跑馬地馬場外面有個容許小孩進入的新月形公園，林葉透過那公園的圍欄看進去無人的馬場，只見那比灣仔運動場大好多好多倍的看台、一望無際一定不只四百米長的跑道，林葉忽然覺得自己非常細小，比起那次他在鞋店裡偷偷試穿巨大的成人男裝皮鞋時更覺得自己渺小。

馬兒到底要有多大隻、腿要有多長，才能在不必接力的情況下跑完這麼長的跑道呢？林葉個子不算高，影班相時總得站在第一排，大人也偶爾會看看林阿母說，矮仔多計啊，或是拿破崙和騎師都不高啊，諸如此類使林葉意識到自己還是小孩的話。大人真是一種很霸道的生物，他們不許小孩去親近馬兒、不向他們解釋

什麼是賽馬，卻總佔據兒童也有份看的報紙其中一疊來報道和賽馬有關的數字、把飛快吵鬧的賽馬旁述塞在本來已經選擇不多的電台和電視廣播時間裡，向林葉炫耀只有大人可以玩和馬有關的遊戲這一點。他們還把馬場那麼大片而工整美麗的草地圈起來、不許兒童進入，彷彿整個城市都是大人的，所有馬兒都是大人的，小孩子連碰都不許碰。

林葉喜歡馬，因為和林阿母一起在超級市場裡工作的一個叔叔曾經送他一隻馬會出品的小馬毛公仔，那隻小馬有柔軟的棕毛、大大的眼睛、身上綁著五顏六色的彩帶，非常可愛。講多謝啦，林阿母提醒林葉。叔叔笑著說，想多謝我就幫我揀幾個霖把啦，然後叫林葉幫他從一至四十九裡隨便選六個數字。中咗記得分一份比我啊，林阿母對叔叔笑說。希望有個細路旺一旺，唔駛再日日幫馬會鋪草皮啦，叔叔說。林葉想，這個叔叔和隔壁當馬會投注熱線接線生的姐姐一樣，都在馬會當兼職嗎？可是林葉知道有兼職的大人都不喜歡被問到關於錢的事，他也就沒有追問下去。他喜歡這個叔叔，因為叔叔認為只有林葉這種小孩才能

為他帶來好運，不像其他的大人一樣不許他接近馬兒的世界。

可是呢，後來林葉在中環看見叔叔的身份證影印本貼滿沿街的
電燈柱、上面寫著「欠債還錢」，他才想起他已經很久沒有在超
級市場裡遇到那個叔叔了。回家之後林阿母認真地告訴林葉長
大後千萬不可以像那個叔叔一樣沉迷於往馬會跑：林阿母總只
會做為林葉好的事，也許大人把馬兒關在小孩不能去的地方也
是出於好意？他怕林阿母擔心自己沉迷在馬身上，就想把叔叔送
他的心愛小馬捐去救世軍。林阿母撫著他的頭說，傻啦，馬兒是
無辜的，你就把馬兒留在身邊，記得今天發生的事好了。林葉抱
緊小馬，點了點頭。

母羊

林阿母屬羊，所以她不吃羊。不吃羊，也是因為她手上總有濕疹，而羊肉似乎容易引起濕疹大爆發。因此她也不穿羊毛衣，因為濕疹皮膚接觸到羊毛纖維後容易紅腫發癢，而冬天的乾燥本來就不利濕疹皮膚保持鎮靜；每年冬天到來，林阿母的雙手總是第一個知道的，自早上起來開水喉流出的水溫、運到她面前待她包裝的時令蔬果，以及濕疹。

可是呢，每年冬天林阿母總會為林葉準備好深藍色羊毛冷衫、米白色羊毛底褲，讓林葉可以像圓滾滾的小羊一樣裹著滿身羊毛上下課。林阿母也喜歡織冷衫：她的同事送給她一些外國進口的有機純羊毛冷貨辦，她就把它們織成五顏六色的冷帽、頸巾、手套，把林葉打扮得像聖誕樹一樣五顏六色。織冷衫時毛冷長期在指間滑動，進一步使皮膚變乾，於是每晚入睡前林阿母都會給雙手塗滿羊奶潤膚膏、套上純棉手套，好讓乾燥的皮膚可以好好休養一晚。待太陽起床了，不管手上的濕疹好轉了還是惡化了，她都得繼續上班、到高級超級市場用保鮮紙把當造的歐洲蘿蔔和抱子甘藍緊緊包好；下班回家後她又再拿起織針，把毛冷繞

在指尖，坐在飯廳裡一針一針的織起要給林葉穿的衣物。

林葉坐在餐桌前吃著林阿母從超級市場帶回來的、好像學校大食會那盤肉醬薯蓉那樣的牧羊人派（shepherd's pie），身體很快就暖和起來了。林阿母說這道菜像外國人的羊腩煲，都屬於冬季菜式，在免治羊肉醬上鋪上一層薯蓉、烤得暖和，就可以吃了。林阿母不吃羊，所以她把昨天剩下的冷飯都蒸熱吃光了，開啟焗爐只為翻熱給林葉吃的牧羊人派，因為要是肉醬不夠熱騰騰、薯蓉表面不夠金黃香脆，就不地道了。好吃嗎，林阿母邊織著冷衫邊問。好吃啊，林葉說，為什麼你不吃呢。因為媽媽屬羊啊，林阿母說。她沒有告訴林葉她因為濕疹而無法安心享用美味的羊肉派，有些無法根除的苦難沒有必要常常提起，更加沒有必要加諸容易心痛自己的親愛之人。林葉吃完牧羊人派後把餐具洗乾淨、收拾好桌面、刷牙洗面後，就拉著林阿母的手進去林阿母的房間，讓她坐在椅子上繼續編織，他則鑽進林阿母的被窩裡躺著和她談話。他說這是從《廿四孝》裡面那個家裡沒有冷氣又沒有暖爐的孝子身上學到的，林阿母聽了就咯咯地笑。等床因林葉的體溫

變暖了，他也忍不住睡著了。林阿母就把燈關掉、回到飯廳靜靜地繼續織，窗外沒有鹿車飛過，但她已經滿足。

馬騮與雪猴

林葉的生肖不是猴而是日本雪猴，因為他很喜歡雪。香港不會下雪，但他吃過自會下雪的地方送來林阿母工作的超市的雪糕：日本特別版Häagen-Dazs紅豆雪糕、韓國奇異果雪條、有很多雪山的瑞士出產Mävenpick雪糕、美國Ben & Jerry's雪糕，吃在嘴裡感覺好像比香港的維記或阿波羅雪糕更加冰凍。他也像日本雪猴一樣喜歡在家裡泡熱水澡。他在電視上面見過好多臉紅紅的雪猴泡在日本長野的溫泉裡，熱呼呼的泉水在冬天冒起白煙，像剛打開的冰櫃一樣標示溫度的接壞處；有時候雪猴毛茸茸的頭上沾滿像糖粉的雪花，讓牠看起來真像一個美味的雪米糍。

屬猴和屬日本雪猴，有很大分別。他在學校的秋季遠足時去過金山郊野公園，看過香港馬騮在九龍水塘邊聚集，喜歡住在水源附近這一點真像是日本雪猴的同類呢。不過水塘裡的水是下雨時收集起來的淡水，不是滿有礦物質的溫泉水，結果香港這樣的環境種出來的是一種不特別喜歡泡澡的馬騮。水塘禁止人類在裡面游泳，林葉也沒見過馬騮山的馬騮在水塘裡浸浴；也許香港的馬騮和日本雪猴不一樣，對於水塘只是葉公好龍般的喜歡，而

不會把水塘當作泳池或浴缸，真是浪費。比起浸浴、享受水塘的環境，香港馬騮彷彿更著重搵食，總背向水塘和風景，仔細看著林葉和老師、同學們身上有沒有零食或膠袋，一個同學從書包裡拿水壺時不小心把一包薯片掉到地上，馬上就被猴子們擁上去搶走，嚇得大家尖叫走避。

要是林葉是一隻住在馬騮山的馬騮，他才不會花時間去搶小學生的零食、整天坐在鋪滿沙塵的地上呢。他喜歡水塘，喜歡乾淨、安靜，他大概會像雪猴一樣一直泡在九龍水塘裡，看水面的樹影、天上的白雲，當一隻離群但自在的猴。他的同學們很多都和他一樣屬猴，但同學們都屬馬騮山的馬騮，每次聚在一起只愛談論零食、卡通片、漫畫書和遊戲機，盡是一些林葉覺得談來談去都一樣的話題。林葉和他們在一起，總希望有人可以和他談論日本雪猴怎樣洗頭、上過太空的猴子們帶了怎樣的便當、給自己拍過自拍照的猴子會不會用美圖秀秀、*Pirates of the Carribbean*裡的那隻海盜猴子換過多少套戲服，可是同學們對這些東西都沒有興趣。就算他們都能和睦地一起玩耍，林葉仍覺得相當寂

寞，好像一隻擅長游泳的企鵝為了不懂水性的小雞同伴而留在
陸地上，身體總有些部份無法舒展。

那位喜歡塗很厚胭脂的、被同學偷偷喚作「馬騮屎忽」的老師，
卻很樂意向林葉介紹每一隻去過太空的猴子、會比手語的猴子、
她去日本旅行時見過的日本雪猴等。林葉覺得她應該被喚作企
鵝老師才是。企鵝老師總覺得林葉的想法很有趣，從不像其他同
學一般覺得他奇怪或無聊，也不介意陪伴沒心情和大家一起吵
鬧的林葉：林葉和企鵝老師一起走在隊伍的最後，看著前面的同
學們集體向彼此踢起沙塵、模仿猴子，就覺得自己所屬的猴子真
是和他們不同品種的呢。也許的確是這樣呢，企鵝老師說。不過
有不同類型的人類和猴子、有像你這樣的人，世界才會如此熱鬧
呢，她說。林葉像猴子一樣抓了一抓自己的頭，似懂非懂。還是回
家泡澡時再想一想老師到底在說什麼好了，林葉想。

雞殼版圖

林阿母和林葉兩人共用一張餐桌，只有兩個人吃飯，就像下象棋一樣，你一邊我一邊。吃白切雞的時候林阿母總會把大雞髀夾到林葉的碗裡，那可是味道最香濃的部份，還附有最大片的雞皮，林葉很喜歡吃。林葉也會把另一隻大雞髀夾到林阿母的碗裡，可是呢，林阿母會把雞髀上面的肉拆下來、放到林葉的碗裡，然後把只連著一點肉的雞髀骨放到一個碟子上，說要留下來煲雞粥。結果呢，兩隻大雞髀上面的肉都落到林葉的碗裡了。怎麼你都不吃雞髀呢，林葉說。因為雞髀的肉太硬，小孩子的牙齒才有力咬啊，林阿母說。那可是在林葉的健康教育課上沒有教過的事情。

林葉知道林阿母其實想把好吃的肉都讓給他，可是林葉卻不願意讓林阿母只吃較乾而無味的雞胸肉。準備白切雞的時候林阿母已經像庖丁一樣把雞殼拆掉了、象徵老闆把員工「炒魷魚」的雞頭也丟掉了，端到餐桌上都是幾乎無骨的雞肉，以及好看的雞翼和雞槌。林葉就說，既然我吃了雞髀，雞槌和雞翼都留給你吃囉。林阿母說好。可是呢，林葉總會在林阿母後來拿雞殼煮成的那鍋雞粥裡撈到兩隻雞槌和兩隻雞翼，和帶一點點肉的雞肋一

起混在飄著好多朵雞油花的粥和瑤柱冬菇薑粒之中。林葉的戰略又失敗了。

所以還是帶林阿母去吃肯德基的炸雞最好，每人一份的套餐裡都一定有一件雞下髀，林阿母就沒有借口總是把雞髀讓給林葉吃了。一起分享一碟白切雞像下象棋，每一片肉都有諸多良善或鄙視的含意；每人吃一份炸雞套餐卻像考試，每人都得自行完成面前的題目。有些林葉的考題無法讓林阿母幫忙回答，比如永無止盡的功課考試、學校裡那些無可救藥地骯髒的男廁、總是很可怕的學童牙科保健；而林阿母也有些考題無法讓林葉代答，比如連續的夜更、總不斷尾的濕疹、「揸住雞毛當令箭」的同事等。所以你也吃雞髀吧，林葉想。所以你也吃雞髀吧，林阿母想。炸雞店上校笑著看他們繼續下那場目標總是雙贏的棋。

不賣狗肉

林葉在《老夫子》漫畫裡看過裡面的警察給吃狗肉的人戴上手銬、把他們押走，警察的短褲制服好像來自以前的年代，吃狗肉的人坐的小椅凳、煮狗肉煲的炭爐也不像是現代香港人還會用的東西。現在的香港已經不容許吃狗肉了，在元朗的食店被人懷疑屠宰狗隻作食物時，食環署還把肉送往實驗室證明那其實是羊肉，好讓店主不必入獄或被公眾討厭。林葉並不特別喜歡狗，不時在街上遇到狗屎時就好想成為立法會議員，好讓他可以通過一條法律，給全部會在街上大便的屁股都強制穿上尿片。可是呢，他也不喜歡有人吃狗肉，要是他真的成為了立法會議員，他才不會改變那禁止在香港吃狗肉的法律呢。

他從壁報板上的剪報得知那叫《貓狗條例》的法律也禁止在香港吃貓：有些從北方來港的人在元朗八鄉拿火槍要燒一隻死貓當食物時被警察撞破，被判罰款時法官說，尊重動物是香港精神，他們要在香港生活便要遵守規矩。林葉喜歡貓，因為牠們愛乾淨、愛找適合的地方上廁所然後用沙把痕跡都埋藏起來，不會讓街道因為有貓來過而變得骯髒。在上廁所方面，貓大概比狗更

有公德心呢，不過法律是公平的，不管是會在石屎路上大便的狗或是不會在石屎路上大便的貓，都有法律保護牠們，讓牠們不必出現在五香狗肉煲或白切貓肉裡，可以繼續依自己的習性選擇自己的廁所。

可是《貓狗條例》只保護貓和狗，所有的鳥和牠們的蛋都受別的法律保護，其他的動物又該怎麼辦呢？住在香港公園水池裡、卻總只在水池裡拉屎的錦鯉和龜，會因為沒有《公園裡的錦鯉和龜條例》而被撈起來清蒸嗎？在海岸公園和郊野公園裡繁殖的海膽、蜆和海參，會不會有一條《海岸公園和郊野公園裡的海膽、蜆和海參條例》保護、免於被遊人挖去煮湯呢？林葉猜想，也許香港歷年來那麼多的立法會議員為香港訂立的那麼多法律裡面，已經有很多可以保護野生動物的條例；可是香港並沒有許多警察可以到每一個公園和每一個海岸去巡邏，執行那些可以保護海膽、蜆和海參的法律。唉啊。要是人們都可以像貓一樣，天生就知道不應該破壞大家共享的環境和生態就好了——啊，洗衣店的貓剛叼著一隻麻雀走進巷子深處，林葉這

才想起法律只能管人，管不了貓可不可以捉鳥，也管不了狗在哪裡大便。看來有些事情還是無法以法律解決的呢。林葉還是不要當立法會議員了。

科學怪豬

萬聖節快到了，但林葉一點都不害怕。這是一個對吸血鬼很友善的城市，每間車仔麵店和許多酒樓裡都有合法豬紅供應，從來不過問點菜者的年齡、國籍、是否吸血鬼，於是開埠以來也從未聽說過有餓極的吸血鬼被迫攻擊人的事情。當然，吸血鬼大概也會想念在家鄉一口咬破頸項皮肉的感覺，於是城裡也有許多販售豬頸肉的地方，隨泰式辣醬上碟，讓來自世界各地的吸血鬼都可以嚐到亞洲的各種滋味。

不過，林葉知道城裡最多的是狼人，才會有那麼多把豬肢解、分成不同部份陳列的肉檔，也不過問點菜者的年齡、國籍、是否狼人，想買白雪公主後母愛吃的肝和肺也可以輕鬆買到，狼人就不必常常抓人去吃。當然，潮洲人也愛吃杏汁白肺湯、廣東人也愛吃生滾豬肝粥，所以這樣的肉檔也是華人最愛的買肉處，不論是不是萬聖節也在店面掛滿斷手斷腳、肋骨、豬皮面具和失去頭殼的腦袋，並總亮著詭異的紅燈，照亮黏滿血肉的砧板和總是很嚇人的豬肉佬。

僱用林阿母的高級超級市場面向外國人和喜歡吃外國菜的有錢人，在那裡不會找得到車仔麵裡的豬大腸、拜山的燒肉會附送的豬脷、茶樓裡可以吃到的脆皮燒腩仔和滷水豬耳仔。那些喜歡吃外國菜的人是不是因為文化差異才害怕這些狼人愛吃的肉呢？其實豬並不是科學怪人的後代，就算吃了德國咸豬手、金華火腿和日式豬軟骨，也不會在外國人的肚子裡重組成一隻混血科學怪豬啊。不過林葉還是不敢吃豬內臟，每次看到掛在豬肉檔的生豬肝或菜單裡的韭菜炒豬腰都會想起諸多細菌和病毒來，那些現代醫學裡的吸血鬼和狼人。就算是林阿母每次到酒樓都必點的豬腳薑他也絕對不會吃。豬腳薑可是我在生下你之後用來補身的菜式呢，林阿母想讓他試吃一口豬腳薑裡的蛋時說。林葉還是捏著鼻子用力搖頭。林阿母笑著也搖了搖頭，不再迫他。

母親是整個地球上包括怪獸和細菌在內最勇猛的角色，所以林阿母什麼都敢吃；而林葉呢，還只是林阿母的孩子，還未學會怎樣勇敢，在林阿母的保護之下也不需要太勇敢。他唯一會吃的是林阿母煮的菜乾豬骨粥：那是他在認識細菌和病毒和狼人前就

喜歡上的味道，金黃的，溫暖的，像和林阿母一起在家裡看太陽斜曬到木地板上的午後。在萬聖節將至的初秋裡林阿母又準備煮粥了。他把頭探進廚房裡，看著什麼都會煮的林阿母，忽然覺得就算有一天她告訴他她會騎掃帚飛行，他也不會覺得意外。

（香）港

林葉收集了許多雪條棍。當然，那都是不曾被凍在雪條裡的雪
條棍：他在美勞堂上早就從那些無望地滲進雪條棍木紋裡的水
性顏料裡學懂，要把被污染過的木材徹底清洗乾淨比讓一個
民族戒絕貪污或隨地吐痰更為困難。夏令時間提早放學，不用
當早更的林阿母更常有空來接林葉回家，路過街口的便利店時
他們偶爾會分享兩枝特價的橙寶或大腳板雪條，他的左手會拖
住暖暖的林阿母、右手則握著黏黏的雪條棍一直咬在嘴裡，像
很久以前林葉很愛的奶嘴一般。用力地啜咬過的雪條棍總會在
他嘴裡留下一種很乾很難吃的木頭味，可是他總是很喜歡啜咬
其他的木製品如即棄木筷子和沒有擦膠的中華牌鉛筆，咬著咬
著，就彷彿回到了從醫院回家的那程小巴上，林阿母的手臂環
住把頭枕在她腿上的林葉，小巴在山路上把林葉小小的身軀搖
晃搖晃、水平的耳朵附近的引擎聲哄隆哄隆，醫生最終也沒有
從他的身體或腦袋裡找出什麼毛病來。

可是他在學校不敢上廁所，常常忍到賴尿，老師讓他用老師專
用的廁所卻又沒有問題，林阿母說。

這是常有的事，就算是小孩子，害怕骯髒的東西也是人之常情，醫生說。

每個醫生用來把他的舌頭按住讓光照進喉嚨的雪條棍都是一樣的，又乾又難吃的木頭味。但林葉喜歡。林葉害怕骯髒的泥土、狗廁所、街市的薯仔和夏天悶熱潮濕的公廁，但他不害怕從泥土中生長出來的樹木，以及用木頭製作的一切物事。林阿母曾經握著他的手在格子很大的練習簿裡一筆一劃地寫下一個又一個的林字：這就是你的姓氏，也是我的姓氏，代表很多很多樹木喔，林阿母弓著背在林葉的耳邊說。很多很多樹木放在一起，就是林阿母了嗎？剛學懂寫自己名字的林葉在林阿母上班後獨自躺在家裡的木地板上，午後的陽光把地板曬得暖暖的，他像小貓一樣舒展著肚皮、讓背脊貼近和暖的木頭，世界上那無數恐怖的細菌、沾滿狗屎的鞋底和別人嚼過的香口膠便彷彿不再存在。那是屬於林葉和林阿母的地板，和林阿母一樣，永遠潔淨。

所以他收集了許多在美勞堂上用剩的乾淨雪條棍，把它們當作念珠一樣，每次遇到身上發臭的大叔或路邊的大便或暈船暈車就回家數算雪條棍，在薄薄的木片互相敲打的聲音和殘留在指尖上的木味裡找到救贖。不用害怕喔，林阿母第一次拖著害怕人群的林葉去人多又像迷宮一樣的宜家傢俬時，每經過一次附有紙尺和地圖的筆筒時都會給他拿一支小鉛筆、讓他邊數著

邊走到終點。他也把這些小鉛筆收集起來，雖然他知道他無法把幾支鉛筆像泥膠一樣揉起來或像宜家傢俬的組件一樣組合起來變成一支大鉛筆，讓林阿母可以更輕鬆的用比林葉大的手寫下各種筆記、或是組成一片片木材給林阿母建一間更大更美麗的房子：大樹像廚房鋅盤底下藏著的那瓶好好喝的鹹柑桔一樣，都得前人種樹後人乘涼，好幾十年才會出產一棵大樹、不像羊毛一樣可以每年收割、也不可以等林葉出生後再由林葉來種林葉要用的木材。

可是他連走在街上也常常害怕踩到狗屎，林阿母說。

在香港，就算是大人也要小心踩到狗屎吧，醫生說。

許多林葉喜歡的物事都是用木做的：公園長椅、木製電車車廂、博物館裡古老的木樓梯，都是在他出生以前有人努力把樹種下，再把它們仔細製造出來的。是的，林阿母說，香港是個有很多樹和很多木製品的地方，這裡的沉香樹多得可以製造很多很多香燭外銷，賣出的份量多得可以以香為一座城命名，你看每個街角都有的土地公面前都有一盤香腳，不就證明了香港很多香樹嗎。在一座有這麼多樹和木的城裡，偶然街上有一點點垃圾也不要緊吧，林阿母說。那麼滿城都是香腳和香灰，不會很髒嗎，因為在電車上踩到別人用過的口罩而哭的林葉問。怎麼會呢，林阿母說。香灰和神明一樣，都是最乾淨的啊。

原來是這樣嗎，林葉想。林家不燒香，但林葉喜歡看鄰居燒衣，每逢初一十五、逢年過節後樓梯裡便會熊熊的燒起很多元寶蠟燭，林葉從鐵閘後面透過短暫被打開的防煙門看著，化寶桶裡的火焰比生日蛋糕上的溫柔燭火更猛烈，但插在蒸包上的線香卻恬靜如冷氣機上那顆小小的指示燈，小小的一點紅色夾在未掉落的香灰和未燃著的香粉之間，相當整齊。其他鄰居在香支燃燒期間進進出出像舞台劇一樣好看，那個逢星期日便會全家上教堂、新年會給林葉印有聖經金句的利是的基督徒家庭帶著一大袋紙尿片和奶粉回來，那個包了頭巾的回教徒印傭剛好拖著那隻白色的小狗準備落街散步，那個火爆老伯拿著頭版很憤怒的蘋果日報走到後樓梯和正在燒香的鄰居吵架：一日到黑喺度燒燒燒，仲要開住道防煙門、由得啲煙攻入我度，鬼唔望你早啲香啊！

可是老伯再憤怒，也是無法阻止鄰居燒香拜神：香港是個可以自由選擇燒香或不燒香的地方，而且香港每個角落都有一個小小的神，土地公、文武廟、盂蘭節演神功戲的地方、鵝頸橋打小人的檔口、黃大仙寶蓮寺天壇大佛林村許願樹，大坑舞火龍的龍整隻都用燃著的香支造成，連大廈裝修和電影開鏡前也要燒香拜神切燒豬，要是老伯真的要避開所有正在燒香的地點，他便得像跳飛機一樣從一個乾淨的地方跨大步跳到另一個地方，比林葉要避開行人路上被踩黑的香口膠漬更累。而不燒香的人也可以用別的方法使自己變得香噴噴，比如使用從日本或美國

進口的衣物柔順劑——林阿母有時會在她工作的高級超市裡帶些瓶子被撞凹、無法販售的衣物柔順劑回家使用，每次林葉打開存放浴巾的抽屜都清香得如走進了樓下的洗衣店。有時候抽屜的香氣像林阿母超市裡那些貴婦愛用的香水，有時像那個回教徒印傭身上的異國香氣；有時候木頭造的抽屜裡有種木頭和森林的氣味，讓他想起那次林阿母放工後和他在中環散步、在外傭星期日的舞會和遮打廣場的示威人群之中，經過皇后像廣場旁那曾是立法會大樓和終審法院的古蹟，裡面有一對在拍婚紗照的新郎，他們身上的古龍水便是這種像松樹一樣沉靜的微香，和線香裡的沉香味道不一樣。

可是他又不怕燒香的香灰，林阿母說。

每個人總有些獨特之處吧，那不是什麼壞事，醫生說。

木頭還有一種很重要的作用：造船。林葉在看過《Pirates of the Caribbean》之後很想當海盜，在維多利亞港駕駛電影裡掛黑帆的海盜船，或是不時會在電視裡的維多利亞港上看見的那些紅色帆船。林阿母說：維多利亞港的水質很差、完全不像電影裡美麗的加勒比海，香港海灘近年一直漂來那麼多針筒和膠袋，以前中國文革時期還漂過許多偷渡者的屍體和骸骨來喔，你真的要在這種海洋裡生活嗎？而且《Pirates of the Caribbean》裡的海盜身上總是髒髒的、衣服都破破爛爛，船上沒有浴缸、

船又不會駛進水塘，在大海中心你要到哪裡找淡水來洗澡？正泡在滿是肥皂泡的暖水裡玩著塑膠海盜船的林葉扁起了嘴。

而林葉明明只是坐新渡輪往長洲看張保仔洞都已經快要暈船了。林阿母用濕手帕抹著獨生子臉上的汗珠，在船快要回到燈火通明的中環碼頭前靜靜地告訴他香港海面的真相：香港海上的罪犯並不像電影裡扮海盜船長 Captain Jack Sparrow 的 Johnny Depp那樣有型，在香港電影裡坐船出海的人都是要把人質丟下海裡或要潛逃到別處的黑道。電影以外，在現實中從海上來港者有因為各種原因從大陸游水落嚟的偷渡者、來自越南的船民和難民，離港者之中則有人以有快艇載著偷砍的土沉香，乘著夜色高速往北方的邊界駛去。

他說他想當海盜，我一說當海盜不能浸浴他就打消了念頭，那孩子真的很愛乾淨，林阿母說。

孩子們都很可愛是吧，醫生說。

林葉沒有親眼看過土沉香，可是既然林阿母說香港有很多土沉香樹，而那些許多年前把香港命名為香港的人這樣說，林葉就相信了。古老貴重的土沉香的確不容易找到，有些古老的香港人的腦袋裡載有海盜藏寶圖或Captain Jack Sparrow的魔法指南針，可以指引想要看見土沉香的人到寶藏面前。那些人找到

了土沉香之後，可以選擇在樹下寫生、野餐，也可以選擇把樹割傷、下次回來把從傷口流出樹脂的大樹砍下來運走。是的，林阿母說，土沉香是一種特別不幸運的物種，它的價值在於它會結痂：有些植物為人類帶來美麗、食物、治病的藥物，有些帶來毒癮和食物中毒，有些樹像土沉香一樣對人類有很重要的利用價值，這樣美好的特質卻為它帶來滅絕的危機。就像那些被拐子佬拐去打斷手腳當乞丐的小孩一樣嗎，把頭枕在母親大腿上快將睡著的林葉問。是的，林阿母說。很不幸地有些東西必須破掉才能成就別人的價值。

有些人要輸掉才能成就一個港姐冠軍，輸掉的人還要簇擁著贏家道賀：林葉看過幾屆香港小姐總決賽，每次都是一樣的結局，只是勝出的臉孔不一樣。有些雞有需要在猴子面前被殺，有些海盜必得在民眾面前問吊，他在成語字典和海盜電影裡都看過了。就算是為香港命名的香燭也只有被燒掉才有意義，有些土地要破開一個大洞、讓蘿蔔或火車從地底破土而出才有價值：回航往中環碼頭的渡輪駛過西九龍那片本來只有西隧出口和九龍站的地盤，又有誰將從那處地底來到這城？是黑馬還是木馬？

這一切真的沒問題嗎，林阿母說。

不影響日常生活的話也不算是病態，醫生說。

林阿母已經不年輕了，她看著西隧動工、看著它在回歸前通車，看著天星碼頭和皇后碼頭在那個愛吃蛋撻的最後一任港督坐船離港後逐一拆去，看著西九文化區、高鐵和未來的故宮博物館慢慢地由無到有，維多利亞港的兩岸變得愈來愈陌生。這個新的維多利亞港將由林葉來繼承。林阿母沒有告訴伏在她腿上熟睡的林葉，他髮旋抵著她的小腹裡面，那個十年前把他孕育出來的子宮裡，正悄悄地長出了一個不知是好是壞的腫塊。很多女子到了妳這種年紀都會這樣，醫生說。要是她等不到林葉出身、讓她從她那份在高級超市包裝蔬果的工作退休、終於可以多花點時間陪伴林葉，她還算是個稱職的母親嗎？她已經無法給他一個父親、一本外國護照，那些使許多別人的孩子未來走得平順安心一點的裝備。也許她至少可以多活十年八年，至少等林葉進了大學。林葉是個聰明的孩子，只要乖乖的讀書，如無意外將來要進港大或中大應該都不太困難。可是在這個日漸變得陌生的香港裡，連最高學府也不能確保安穩。就連在中大校園裡活了超過一個世紀、比中大甚至中華人民共和國更歷史悠久的土沉香也被砍倒，接近火車站的另一棵古老土沉香樹也在八號風球的日子被人偷砍了下來，還有哪裡是安全的呢。

船忽然遇上兩個近岸的浪，把船和裡面的人拋起來又承接著。幸好林葉沒有因此醒來。如果林阿母就這樣離世、「落去下面食香」，她將把林葉獨留在一座怎麼樣的城裡，和哪些人在同

一的城裡生活？未來的香港裡會有哪些人？天色已經黑齊，城市化為燈光，有些照耀著那些坐火車來到這城的人、讓香港開滿莎莎和萬寧的人，有些照耀著駕駛火車的司機和公眾假期也要上班的售貨員；有些照耀著經中旅社申請回鄉證的人、有些照耀著拿不到回鄉證的人。深夜仍燈火通明的旺角裡有無數推銷寬頻的人、讓空氣裡充滿或許沒有密碼保護的wifi，有些人徹夜不眠上網看韓劇，有人在失戀後不停瀏覽廉價機票網頁，要往東京、台北或倫敦都無所謂。黑暗之中有帶著大包小包自羅湖和落馬洲口岸離開香港的人，也有坐飛機永遠離開的人、坐水翼船即日來回澳門吃豬扒包的人、坐火車和直通巴短暫越過邊界的人，沙田馬場在這個美好的星期六晚不知道有沒有跑夜馬，灣仔的酒吧在深夜大概仍會亮起粉紅色的光管。這的確是一座五光十色的城。林葉在學校的體育課上學會來自英國的栗樹舞和中國土風舞，既上中文課、英文課也上普通話課；眾多的人來過這城、留下不少改變，也有眾多的人帶著不同的東西離開，這些眾多比林葉先一步享用並主宰世界的人有讓林葉的城市變得更好更潔淨宜居嗎？前人種樹、後人乘涼，如果林葉長大了仍有潔癖、但香港已因斬樹賊而再無樹木、沒有土沉香樹、甚至不再叫香港，他該怎麼辦？船還未靠岸，林阿母甚至不知道這麼晚的中環碼頭還有沒有雪糕車：至少她此刻還可以給林葉買一根橙汁雪條、讓他止止暈船浪的感覺，可是他們還剩多久時間呢。他還有多久才必須長大呢。

關於這孩子，未來我應該擔心什麼，林阿母說。

先觀察一下有沒有什麼重大的異狀吧，醫生說。他還那麼小。

植物資料

土沉香，香港原生雙子葉植物，樹脂帶有香氣，可作中藥也可以製作香料、香燭、飾品等。據學者羅香林教授記載，宋朝時新界瀝源和大嶼山沙螺灣廣植土沉香，香農將香塊經尖沙頭 (今日的尖沙咀) 運至石排灣 (今日的香港仔)，再轉運至中國大陸、東南亞甚至阿拉伯，因此作為販運香品的港口石排灣被稱為「香港」，即「香的港口」，後來整個海島也被稱為「香港」。現在中國已將在野外幾乎絕跡的土沉香列為國家二級保護野生植物，不少偷樹集團轉到香港大嶼山、西貢等地偷砍土沉香，運到大陸以高達每克一萬元售出。香港被偷砍的土沉香多在大嶼山鄉村後的風水林、郊野公園等，由於土沉香分佈範圍甚廣、生長地點難以到達，因此對偷樹者難以執法。2014年和2017年，在香港中文大學校園裡也有發現百年土沉香樹被人砍倒。

後記

老友P非常喜歡林葉，在我書寫林葉的這些年來，她總比任何編輯都更勤力向我追（也許沒人約的）稿。P常常開玩笑說林葉是林阿母的孩子、而兩個小說人物都是我的創作，那麼我就是林阿婆了。我倒不反對這種想像：《林葉的四季》成書時是我寫作「出道」第十年，遇到這兩個小說人物後，我第一次感到一種希望保護他們的母性，明明小說世界裡的一草一木、一切禍福都由我掌握。而且，如果我是林阿婆，那麼我的父母便是林太公、林太婆。依我對他們的認識，他們應該相當適合扮演這兩個林葉外傳裡的角色。

我從來都覺得我母是個通曉一切和山林有關之物的人，不管是在郊外遇見的植物，或是在街市裡有售的蔬果。我記得小時候我們一家常常到郊野公園遊玩，我母會用秋天的芒草織成長著長尾巴的小馬玩偶、在眾多的果樹中指出可吃和不可吃的野果，也會跟我們說一些到我長大後才發現不是真相的故事，比如山邊爬滿藤蔓的樹裡住了會抓頑皮小孩的「丫烏婆」，或是壁虎的尾巴掉落之後會鑽進人類耳朵裡。這些神怪的故事讓真實的自然之

物變成我幻想世界裡的物事，和傑克的魔豆、穿長靴的貓和白雪公主的蘋果一起陪我長大。

此外，街市、超市、海味街都是我母熟悉的領土，還未學懂煮飯的我跟在她身後去買菜，只能負責回應菜檔檔主的問候、觀察魚檔角落裡總會放著的幾籠田雞和幾盤活鱔，以及向我母指出每一隻跳到街市地面的活蝦。她對自然之物的法力還涉及栽植，能在市區的家裡種出韭菜、木瓜、茄子、菠蘿，製作最新鮮美味的韭菜餃子，寵壞我們的味蕾。最近她發現我們在她外遊期間為家中農作物澆水不足，就說：「怎麼世上有遺棄動物罪，就是沒有遺棄植物罪呢？」我想，我母絕對就是林太婆沒錯。

我父是園境師，於是我從小就聽說城市裡種的植物多數經過專業人士設計，在哪裡種什麼也有諸多考慮因素。和他一起在城裡走，他常常可以認出樹木的俗名和拉丁學名，知道它們喜歡怎樣的泥土、冬天會不會落葉、長在海邊多鹽又大風的沙土裡會不會生病。我父也是畫家，家裡掛滿他的西洋畫及水墨畫作，畫的都

是外國的麥田、熱帶魚、我母種的百合花、公園裡的木棉等。在木棉開花的季節，我們曾一起在街上垂著頭走，為了撿拾一朵完整、乾淨、美麗的木棉花帶回家裡寫生；在我需要應付視覺藝術科考試時，我父也教過我怎樣用鉛筆和廣告彩仔細描繪玫瑰花的漩渦和曲折。我覺得我學得不算太差，也很喜歡以線條仔細描畫花朵的每一個細節，可是考試時寫生的題目居然是無生命的汽水罐和膠樽，真是可惡。

當飛蟲闖進家裡，我父喜歡用紙筒把蟲困起，輕輕帶到窗邊放生。這是我從來都沒膽量做的事，是以當我在換穿中學校服準備回學校考試時發現長衫內壁伏著一隻巴掌大的飛蛾，我便嚇得慘叫著向我父求救，雖然家裡大概沒有足以裝下一隻那麼大的飛蛾的紙筒。我也不記得後來他和我弟怎樣把飛蛾趕走了，只記得那天考的本來就是我不在行的科目，那次考得不好也有飛蛾當借口。人類和自然之物一起共用一座城，自然就會有這樣那樣的驚嚇和溫柔；到我開始寫作，我父教我的一些知識便傳給林葉了。

林葉對我來說是一個鮮明的靈魂，一種觀察世界的獨特方法。透過林葉敏銳古怪的眼睛重新審視城市裡的自然之物，可以看見很多躲起來的趣味和困擾，包括愈來愈像《林葉的四季》的現實世界。二零一零年，當我寫下第一篇以林葉和林阿母為主題的小說時，我第一次看見薯仔在超市裡販售時以保鮮紙作繭緊纏，驚訝得把它寫進有點荒誕的小說裡；寫到第四五年，把散裝薯仔逐個以保鮮紙包裝再貼上標籤已成為我家附近超市的常態（那還不是林阿母的那種高級超市呢）。在成書這刻，我隨時可以買到以保鮮紙包緊的、脫去外皮的原支新鮮粟米，用保鮮紙包成木乃伊狀的新鮮生薑及其他塊根類蔬菜。到處都有林阿母在包裝蔬果的地方不止香港，我也在外國見過以保鮮紙包裝的原個椰子、裝在細長專用膠袋裡的蔥，在網上見過剝皮後再裝進圓型膠盒裡的橘子……不知道林阿母會怎樣看待這樣國際化的廿一世紀蔬果包裝演變呢？

P也常常問我，要是林葉遇到這樣那樣的事會有什麼反應呢？彷彿林葉真是一個有血有肉的小男孩（「他當然是真人啊！」P總會

這樣回應）。有次晚飯後我帶P到中環去看鴿子，她以為我在説笑（「中環哪有白鴿啊？」她説），但當我指出她並不陌生的中環市區內藏著的漫天鴿子、遍地鳥糞，她就變成了林葉，從此總能發現城市裡鴿子的藏身之處，比我更眼利。書寫林葉的這些年裡，總有喜歡林葉的朋友和讀者陪伴，真是快樂。林葉在《明周》連載期間，也在《明周》寫專欄的西西邀我吃茶，説她也喜歡讀我的小説，更是使我驚喜：一直喜歡的作家也喜歡我的作品，沒有什麼比這更幸福了。謝謝各位願意和我一起陪林葉成長的讀者，一路照顧過林葉的報刊編輯，以及為《林葉的四季》作序的董啟章先生。身為書寫的人，能遇到林葉和林阿母這樣的小説人物、交出這樣的一本小説集，實在是林阿婆的福氣呢。

20181128

作品出版及獲獎紀錄（依出場序）

作品	發表於
林葉的四季	第三十七屆青年文學獎小說初級組冠軍
林葉的護身符	《字花》2015年3月號（第五十四期）
林葉的街區	2016中文文學創作獎小說第二名
意大利貝殼	《明報周刊》2016年3月19日
法國田螺與蒸蛋糕	《明報周刊》2016年4月16日
沙甸魚木乃伊	《明報周刊》2016年5月14日
愉快象牙餅	《明報周刊》2016年6月11日
飛天魚翅	《明報周刊》2016年7月9日
樂天熊膽餅	《明報周刊》2016年8月6日
北極熊走冰	《明報周刊》2016年9月3日
鹹水魚柳包	《明報周刊》2016年10月1日
走地麥樂雞	《明報周刊》2016年10月29日
糖砂炒松鼠	《明報周刊》2016年11月26日
農場雞蛋仔	《明報周刊》2016年12月24日

作品	發表於
黑蟻砵仔糕	《明報周刊》2017年1月21日
星巴克墓園	第六屆大學文學獎小説組季軍
新會柑皮草	《明報周刊》2017年4月15日
傑克的瓜子	《明報周刊》2017年3月18日
陪跑白兔糖	《明報周刊》2017年2月18日
閒人	《字花》2012年3月號（第三十六期）
紙皮長城	《藝文青》2015年3月號
情人西蘭花	《明報周刊》2017年5月13日
蓮藕母與子	《明報周刊》2017年5月27日
（香）港	收錄於《自由如綠》（香港文學生活館，2018）

林葉的四季

作者　　　黃怡

書籍設計　wingb

校對　　　黃㼈、Morian、P

策劃編輯　袁兆昌

出版　　　文化工房
　　　　　香港九龍青山道 505 號通源工業大廈 6 樓 C1 室
　　　　　電話/WhatsApp　5409 0460

香港發行　香港聯合書刊物流有限公司
　　　　　香港新界大埔汀麗路 36 號中華商務印刷大廈三字樓
　　　　　電話　2150 2100　　　傳真　2407 3062

台灣發行　遠景出版事業有限公司
　　　　　220 台北縣板橋市松柏街 65 號 5 樓
　　　　　電話　02 2254 2899

出版日期　2019 年 3 月 初版

國際書號　978-988-77846-1-6

版權所有　翻印必究

上架建議　香港文學：小說